vida instantânea

Marcelo Duarte e Penélope Martins

ilustração: Gustavo Piqueira

Texto © Marcelo Duarte e Penélope Martins
Ilustração © Gustavo Piqueira

Direção editorial
Marcelo Duarte
Patth Pachas
Tatiana Fulas

Gerente editorial
Vanessa Sayuri Sawada

Assistentes editoriais
Henrique Torres
Laís Cerullo
Samantha Culceag

Design
Casa Rex

Letra das músicas
Penélope Martins

Arranjo musical
Rodrigo Di Giorgio

Intérpretes das músicas
Rodrigo Di Giorgio e Rebecca Di Giorgio

Preparação
Vanessa Oliveira Benassi

Revisão
Clarisse Lyra
Mônica Silva
Olívia Tavares

Impressão
Loyola

CIP-BRASIL. CATALOGAÇÃO NA PUBLICAÇÃO
SINDICATO NACIONAL DOS EDITORES DE LIVROS, RJ

D873v
Duarte, Marcelo
Vida instantânea / Marcelo Duarte, Penélope Martins; ilustração Gustavo Piqueira. – 1. ed. – São Paulo: Panda Books, 2023. il.; 21 cm.

ISBN 978-65-5697-347-0

1. Ficção. 2. Literatura infantojuvenil brasileira. I. Martins, Penélope. II. Piqueira, Gustavo. III. Título.

23-86269   CDD: 808.899282
                   CDU: 82-93(81)

Meri Gleice Rodrigues de Souza – Bibliotecária – CRB-7/6439

2023
Todos os direitos reservados à Panda Books.
Um selo da Editora Original Ltda.
Rua Henrique Schaumann, 286, cj. 41
05413-010 – São Paulo – SP
Tel./Fax: (11) 3088-8444
edoriginal@pandabooks.com.br
www.pandabooks.com.br
Visite nosso Facebook, Instagram e Twitter.

Apoio:

Nenhuma parte desta publicação poderá ser reproduzida por qualquer meio ou forma sem a prévia autorização da Editora Original Ltda. A violação dos direitos autorais é crime estabelecido na Lei nº 9.610/98 e punido pelo artigo 184 do Código Penal.

"... o meu maior tesouro eu te dei."

Trecho da música *Te amo demais* ("Decretos reais"), de César Lemos, que foi interpretada por Marília Mendonça. Cantar o amor é multiplicar a coragem.

10	capítulo 1	**Eu poderia ter gritado o seu nome**
16	capítulo 2	**A estrela apagada**
22		Uma coisinha antes do capítulo 3
24	capítulo 3	**O show tem que continuar**
30	capítulo 4	**Se alguém me perguntasse**
36	capítulo 5	**A corrida por um lugar ao sol**
42	capítulo 6	**Milhões de corações despedaçados**
48	capítulo 7	**Olha os docinhos!**
56	capítulo 8	**Promete me ver de novo amanhã?**
62	capítulo 9	**Um repertório de ofensas**
66	capítulo 10	**Romeu & Julieta, a primeira canção**
72	capítulo 11	**Por debaixo da porta**
78	capítulo 12	**Uma entrevista bombástica**
84	capítulo 13	**Balada de amor**
90		Uma coisinha antes do capítulo 14
92	capítulo 14	**Ingressos esgotados antes do primeiro show**
98		Uma coisinha antes do capítulo 15
100	capítulo 15	**Os piores defeitos de uma pessoa**
106	capítulo 16	**Azul da cor do mar**
114		Uma coisinha antes do capítulo 17

116 capítulo 17 Alimentando personagens

126 capítulo 18 Uma conversa que quebrou o gelo

132 Uma coisinha antes do capítulo 19

136 capítulo 19 É cedo ou tarde?

144 capítulo 20 Vivendo o meu momento

150 capítulo 21 "Oh darling, if you leave me..."

156 Uma coisinha antes do capítulo 22

158 capítulo 22 Totalmente grogue

164 capítulo 23 Toda a verdade ainda não é a verdade

172 Uma coisinha antes do capítulo 24

174 capítulo 24 O amor não desiste

178 capítulo 25 Jamais imaginaria aquilo

184 capítulo 26 A gente precisa ver o luar

194 capítulo 27 Uma história para se viver

202 capítulo 28 A gente junto é a melhor coisa da vida

210 capítulo 29 O filme em câmera lenta

217 Caderno de canções

229 Os autores

capítulo 1

Eu po ter gr o seu

As últimas luzes do corredor se apagaram, escutamos vozes ao longe se despedindo. O som da porta do elevador fechando foi a senha para sairmos quase ao mesmo tempo de nossos quartos, segurando a respiração, evitando qualquer barulho. Cheguei a sentir meu rosto queimar, ao contrário dela, sempre tão dona de si, tão segura. Com as palmas de suas mãos sobre meus olhos, sussurrou no meu ouvido:

– Tenho uma surpresa. Agora seremos só nós e o céu, nada mais.

Ela me desconcertava com sua presença sinfônica: voz que trazia um leve estalo metálico, desenhando cada S pronunciado; um baixo grave, invadindo a atmosfera nas palavras articuladas entre sorrisos. A cada movimento do seu corpo, dedos nos cabelos, cruzar das pernas, um caminhar solto, acordes harmônicos fluíam perfeitos mesmo em coisas comuns. O riso. Tantas vezes eu fecharia os meus olhos e procuraria pelos sons dela nas teclas do meu piano.

– Se a produção nos pega, estamos fritos – eu disse. – Já não aguento mais ouvir sermão. Não devo ter o menor bom senso para continuar seguindo suas ideias, Báh.

— Tão certinho, você. Pare de ser ranzinza, docinho, eu já te falei que tenho uma surpresa. Não está curioso?

— Você sabe que sim.

— Também tenho algo importante para falar. E tem que ser eu e você com cobertura de estrelas.

— A estrela é você, no caso.

— Engraçadinho, hein! Você vai ver.

— Precisa ser no *rooftop* do hotel, é?

— Vai dizer que você preferiria aquele clima romântico de todo mundo misturado no camarim, cheirando a pizza fria, suor e botas de vinil do figurino.

Seu senso de humor me desmontava. Bárbara era o nome que desabotoava meus pensamentos mais íntimos.

Eu não tinha apenas herdado o piano e a sina de pianista de minha mãe. Era igualmente calado, concentrado na leitura estudiosa das pautas musicais, investigador da matemática das notas na composição de melodias. Somente duas coisas eram capazes de me transformar em bicho indomável. Uma delas era a música. A outra, Bárbara. Ela, no verso e na contramão de mim mesmo. "Meu signo complementar", assim ela me disse.

Bárbara parecia esfuziante; fosse um animal, seria uma onça, cheia de fome de vida. O lance entre a gente era o clichê lua e sol, ela com coragem para dizer e fazer tudo que quisesse, eu encolhido no canto do sofá, observando. No entanto, nós dois, eclipsados, conhecíamos a vida na experiência idêntica de encarar milhões de pessoas quando as luzes do palco acendiam nossas roupas brilhantes.

Pegamos a escada de incêndio e subimos dois lances antes de alcançarmos a escada caracol que dava para a porta de ferro. Estávamos sozinhos no terraço do hotel. Dava para ver dali o estádio em que nos apresentaríamos na noite seguinte.

— Olha lá, Theo: Antares.

– Parece sonho, Báh.
– Vem, Theo, deita aqui comigo, vamos procurar estrelas escondidas entre nuvens.
– No céu da cidade, ver estrelas é uma coisa bem difícil. Só você para conseguir essa proeza.
– Mesmo se não desse para ver, a gente inventava um monte delas.

Ficamos ali com as costas esticadas no concreto. Por alguns minutos, o nosso silêncio encarou o céu, que logo estaria nublado. Antares era o coração de uma constelação, a estrela mais nítida e brilhante.

– Seu signo.
– Não entendo nada de signos, Báh.
– Nem eu, mas acho bom de alguma forma.
– Do que você está falando?
– Sei lá, pensar que existe um mapa nas estrelas sobre a gente, algo que ajude a decifrar as ciladas da vida.
– Horóscopo, destino, não é muito a minha praia.
– Mas você concorda que há um mistério nisso tudo?
– Concordo, ao menos em parte.
– A minha parte é ter uma fome que não cabe em mim. Meu signo explica – e ela riu.
– E em mim o que você vê?
– Antares.

Não sei o que me deu quando eu procurei a mão dela e a segurei, apertando seus dedos entre os meus. Arrisquei inventar uma história, arranhar planetas, surfar em caudas de cometas, como se fôssemos crianças correndo na imensidão do céu.

– *"Picture yourself in a boat on a river..."* – cantei para ela, enquanto um avião cortava as nuvens.
– Imagine os gritos e as multidões cada vez mais distantes, até sumirem por completo. Acho que a gente merece essa paz.

– Nem fale. Lembra quando ficamos presos debaixo de um bolo de fãs na saída do palco em Salvador? Rasgaram minha camisa e nos arrancaram tufos de cabelos. Eu ainda não consigo entender por qual motivo as pessoas querem tirar pedaços da gente.

– Eu tiraria um pedaço de você para mim, Theo.

– Malvada você.

– O problema é que eu tiraria um pedaço tão grande que não sobraria nada para ninguém.

Rimos alto dessa vez. Depois ela ficou séria, como se mudasse de fase da lua.

– Durante esse tempo todo, Theo, eu fiquei me perguntando o que eu estava fazendo nessa banda.

– Essa resposta é fácil, Báh: você nasceu para ser estrela, sobe no palco e enlouquece todo mundo. Por mais que alguns não admitam, é a sua *vibe* que torna único o que fazemos. A plateia quer você.

– Para de me dizer essas coisas. Eu já me sinto mal o suficiente por ser uma farsa.

– Farsa? Como assim?

– Você é o artista, músico desde sempre. Filho de pianista e saxofonista, neto de maestro. Ao contrário de mim... Eu sou a cara que encaixa no comercial do produto que eles vendem, nada mais. Belo talento o meu, né? Botar a gente na prateleira feito macarrão instantâneo. Pior... talvez eu faça milhões de adolescentes acreditarem que felicidade é isso que a gente finge ser no palco, nas redes sociais.

– Tô vendo que esse papo tá ficando sério. O que aconteceu, Bárbara? Por que você está dizendo isso?

– Vamos esquecer? Temos pouco tempo aqui em cima, só eu e você, Theo, então, deixa de lado o que não interessa.

– E o que te interessa? Me diga!

– Olhe nos meus olhos e diga aquilo que você não teve coragem de me dizer até agora. Consegue?

capítulo 2

A estapag

Foi nesse instante que minha boca secou. Os olhos dela entraram nos meus e foram revistando célula por célula. Eu não poderia me esconder e, mesmo se quisesse, não adiantaria, porque ela sentia o que eu sentia por ela. Coloquei minha mão sobre o seu pulso, por cima da pulseirinha que foi minha e que ela usava.

– Essa pedra azul me lembra a praia, aquele dia em que a gente escapou de todo mundo para ver o pôr do sol.

– Você deve ter me achado bem previsível – falei.

– Eu achei lindo.

– A gente viu o sol se apagar no meio do mar do Caribe. Tudo azul. Queria que você não esquecesse, nunca.

– Impossível.

– O visual daquele mar é inesquecível, eu sei.

– Impossível eu te esquecer, Theo.

– Você tá falando a verdade?

– Entre a gente, sempre.

– Posso te dizer que isso é o que temos de melhor em nós, podemos falar de qualquer coisa sem medo.

– Então me diz, Theo, o que você ainda não conseguiu me dizer? Quer escapar da pergunta?

– Talvez eu não consiga explicar bem. Mas essa pulseirinha ao redor do seu pulso, perto do seu coração, e essa pedra azul, ilha perdida no meio do oceano que é você, acho que isso é tudo o que eu tenho para dizer.

– Pode me dizer de outro jeito? Um pouco mais direto, menos enigmático – e rimos.

– Quero estar perto de você, te abraçando. As palavras não saem da minha boca, Báh, mas não é porque eu não sinta.

Ficamos em silêncio por alguns segundos. Eu não conseguia me expressar. Queria confessar que estava completamente louco por ela, dizer que éramos feitos um para o outro e que nada poderia nos separar. Mas, ao contrário do meu desejo, eu apenas esperava.

Ela se virou com um único movimento, deitou seu corpo sobre o meu, sem que eu pudesse premeditar uma reação. Senti seu peso sobre mim. Aquela fração de tempo eu não queria ver acabar. Quis fechar os olhos de timidez, mas o medo de que ela sumisse como as estrelas que procurávamos naquela noite fez com que eu a encarasse.

– Escute, Theo, você pode revelar o que deseja nesse instante. Porque eu te amo, vou continuar a amar você e nós dois juntos.

Seus lábios já tocavam a minha boca e nos beijamos com os olhos abertos como se contássemos todos os beijos que não demos durante o tempo que passamos vigiados por uma agenda insana de compromissos, produtores, pais, mães, fãs por todos os lados, seguranças empurrando a gente para dentro dos carros e quartos de hotel vazios de histórias (apesar das fofocas que rendiam *likes* e *unlikes* em redes sociais). Veio uma brisa que soprou de mim a esperança de tê-la para sempre.

– Eu te quero, Báh. Muito.

– Theo, eu sei que, daqui a alguns instantes, você poderá me odiar, e sei que esse ódio pode aumentar com o passar do tempo. Eu espero que você tenha escutado o que eu disse: eu te amo, de verdade.

– Eu nunca teria motivos para te odiar.

– Nem se eu dissesse que resolvi desistir?

– De nós?

– Não, Theo. Eu desisti dessa vida que tirou a gente de nós. Essa noite eu vou sumir daqui.

Ela não deveria estar falando sério. Ninguém deixaria a vida de *popstar* de uma hora para outra. Ela sabia que o grupo dependia de cada um de nós, mas dela principalmente.

– Sumir? Temos um show amanhã, lembra?

– Não teremos mais show juntos. Acabou. Pelo menos para mim. Quero minha vida de volta. Quero ser eu, uma pessoa desconhecida, alguém sem figurinos para fotografias, meus gestos longe dos *stories*, esquecida pelo *feed* de notícias.

– Você não pode estar falando sério, Bárbara. Foi tanto esforço até agora, você terá a carreira que quiser como cantora solo, só deixar correr mais um tempo. Sem a nossa estrela, a banda implode... *bum*! É o fim!

– Que se exploda, Theo, porque agora é ela ou eu.

– Bárbara, e a gente? Você não entende? O que eu quero é saber da gente. Eu passei um ano inteiro querendo ficar com você. Dane-se a banda, dane-se, eu topo sair dessa doideira contigo, botar o pé na estrada, trocar de nome se precisar, ir para outro país. Que a gente fique juntos nessa é o que eu mais quero.

– Eu nunca faria isso com você, Theo. A música é sua vida, seu sonho. Eu não preciso ser artista, posso me achar em outra coisa. Eu não posso te contar as razões, mas existem motivos reais para transformar tudo isso em uma enorme mentira. Estamos em momentos diferentes, você pode ficar e surfar essa onda até o final, tirar o melhor que puder. Eu não, eu já me afoguei...

– Que motivos são esses?

– Confia em mim.

– Não, Bárbara, não faça isso, por favor. Esperamos um tempão até acontecer um beijo por causa de uma droga de contrato que proíbe namoros, que proíbe a vida, que me impede de dizer para todo mundo a verdade.

– Eu poderia sumir sem dizer nada, mas estou aqui olhando para você. Para dizer que eu te amo.

– Você diz que me ama e que vai embora, como é possível? Eu te amo, Bárbara, e sou capaz de largar tudo isso por você.

– Não quero que faça nada por mim. A poeira vai baixar e vou explicar tudo. Minha mãe vem me buscar daqui a alguns minutos, e nem mesmo eu sei para onde vamos. Eu poderia ir, simplesmente assim, sem contar nada para você. Mas essa não seria eu, porque não estou fugindo de você, Theo. Minha decisão tem a ver com coisas que você vai saber um dia, e eu espero que me compreenda.

– Pelo jeito eu não tenho escolha, a não ser aceitar sua decisão.

– É, por enquanto.

– Vou torcer para você mudar de ideia, acordar no quarto ao lado do meu, descer para tomar café com aquele seu vestido xadrez que eu gosto tanto. E eu juro que subo na mesa, bem no meio do restaurante, para gritar que eu amo você. Ninguém vai me impedir.

Aqueles segundos de silêncio criaram um ruído constrangedor e quebraram nosso abraço. Talvez ela tenha sentido minha decepção, e deslizou para o lado, fixando a ponta do nariz na lua que desaparecia entre nuvens cada vez mais densas.

– Eles nos enganam com essa história toda de sucesso, Theo. Piram a nossa cabeça. Usam a gente como querem.

– Lembra o que eu disse sobre a pulseira antes de colocá-la no seu braço? As pedras ficam. Por que você veio me dizer que me ama se vai me deixar?

– Eu não estou te deixando. E eu te amo, é verdade, não tenho medo de dizer. Senti que seríamos os dois desde o primeiro dia em que conversamos... na festa, depois da final do concurso.

– Pensei que era só eu.

– Você poderia ter dito algo, mas até nisso o meu jeito de ser atrapalhou.

– Seu jeito é perfeito, Báh. Você é perfeita para mim. Não consigo entender você dizer que me ama na mesma hora em que pretende me abandonar.

– Por favor, isso não é abandono, é outra coisa, e eu não posso dizer tudo porque é muito complicado, e grave.

– Grave? Bárbara, você precisa me contar tudo.

– Você pode sentir raiva, mas não deveria, porque nada mudou, Theo. Eu continuo sentindo o que sinto por você e todas as noites eu vou cantar alguma de nossas canções favoritas só para chegar perto de você, no meu pensamento.

Deixei que uma lágrima escapasse. Dessa vez, fui eu que a abracei com força, acariciei sua cabeça e beijei sua boca, seu queixo, seu pescoço, sua nuca, seus ombros, suas mãos. Pedi, em cada um desses beijos, que ela ficasse um milhão de vezes. Senti vontade de passar a noite ali, largado no chão, cobrindo Bárbara de amor debaixo da lua vaga. Tive vontade de chorar, e chorei.

Tentei prolongar o abraço para que ela não fosse.

– Nunca mais voltarei a esse hotel, Báh.

– Claro que voltaremos. Juntos. Prometo.

Entramos no corredor feito sombras de nós mesmos. O que eu poderia fazer para não perder o meu grande amor?

Uma coisinha antes do capítulo 3

O bilhete por debaixo da porta

Acordei às cinco da manhã deitado sobre o tapete. O frio da madrugada gelou meus ossos, minha garganta doía. Podia ser do choro reprimido depois da noite mais triste. Tocava uma de nossas canções na aleatória *playlist* que, ingenuamente, eu acionei para me esquecer. Saltei quando vi o papel dobrado, passado por debaixo da porta. Era ela.

"A pulseira de pedra azul, pulsando, coração. Como um abraço. Você estará comigo."

capítulo 3

O sho tem cont

– Três minutos! – a cabeça da garçonete apareceu e desapareceu naquele abrir e fechar da porta.

Seo Chico era o nome da nossa banda. Estávamos comemorando o aniversário de um ano no mesmo bar em que tocamos juntos pela primeira vez. Era uma portinha de rua que abria passagem para um quintal no bairro de Santo Amaro, na zona Sul de São Paulo. Lá no fundo, as janelas azuis pareciam os olhos daquele casarão antigo. O lugar tinha o aconchego de uma casa de amigos. Mesas e cadeiras dividiam o espaço com redes, palmeiras, canteiros de alecrim e manjericão, e uma pitangueira enorme. Os tijolos descascados das paredes indicavam que tudo ali era uma reinvenção do passado, como a gente. Havia até um jabuti de estimação passeando entre os pés dos clientes.

No nosso repertório, o panelão de misturas, do pop ao sertanejo, baladas românticas, rock e o que mais viesse. A seleção de canções era a certeza de nossa brasilidade, a coisa toda latino-americana, com orgulho das nossas raízes. Zeca, o baixista, dizia que Seo Chico era fome de *"roscovo com banana"*. A gente ria um bocado, porque eram assim mesmo os ataques à geladeira na madrugada, esquentando arroz com ovo na frigideira, além das dúzias de bananas devoradas durante a semana, entre ensaios, intervalos e estudos.

Os tempos eram outros, mas meu ritual seguia o mesmo da época da Sweet. Eu fazia aquecimento vocal, alongava braços, mãos, dedos e pescoço, pensando no teclado como parte do meu próprio corpo. A diferença era ter a música como alimento, e não mais aquela ansiedade de cobranças de produtores interessados em cifrões. Fosse nos tempos de *popstar*, eu estaria condenado a não ser nada além de um personagem fotografável, gravável, vendido pelas plataformas, e com bonecos horrorosos nas prateleiras imitando as tranças dos meus cabelos. O lance da gente era se divertir, nada mais.

Uma única coisa daqueles tempos martelava minha cabeça, sem folga. Se Bárbara estivesse ali por perto, ela gostaria de nos ouvir misturando trechos de velhas canções com música experimental. Ficava imaginando sua voz cantando as composições que eu criava para a Seo Chico. Nós dois brincávamos de dizer uma palavra e depois cantar uma música com ela dentro (e a gente cantava letras de canções que nunca foram compostas só para rir disso depois). Gostávamos de ideias parecidas. Eu me pegava pensando nela enquanto compunha, ensaiava. Muitas vezes, com os olhos fechados, eu tive a certeza de que ela estava me assistindo e que até se levantava para cantar nossos versos. Ela teria escrito comigo essa história. Por onde andava minha Bárbara?

Minha vida virou de ponta-cabeça desde aquela noite no terraço do hotel à caça de estrelas. Tomei coragem para embarcar na decisão dela logo em seguida e busquei algo que me deixasse longe dos holofotes. Zanzei algum tempo sem saber o que fazer. Por sorte, a paixão pelos bichos me fez querer estudar. Mas a música, não tinha jeito, era minha alma e minha vida. Continuaria comigo até o último suspiro. Nisso, Báh tinha razão. Também.

O bar oferecia uma pequena pista de dança, com luzinhas penduradas numa espécie de varal. O público curtia nosso som, vinha comentar as canções autorais, baixava nosso único álbum nas plataformas, pedia mais. Eram pessoas que andavam no corre que nem a gente, estudando na mesma universidade, trabalhando para ganhar alguma grana. Depois das apresentações, as madrugadas eram preenchidas com conversas intermináveis, descontraídas. Tudo muito diferente da loucura do sucesso da Sweet, quando os estádios lotados transbordavam de fãs enlouquecidos, tentando furar a barreira feita pelos seguranças para conseguir uma foto, um autógrafo ou arrancar um pedaço nosso, literalmente.

Eu guardava algumas boas recordações do meu tempo de astro. Por sorte, tive bom senso e recusei os contratos de publicidade, que queriam me transformar numa espécie de influenciador do caos, alguém que sobreviveu à derrota, logo depois do término da banda. Não era a minha intenção vender qualquer coisa. Eu continuava o mesmo cara tímido fora dos palcos e o anonimato me enchia de esperança de poder ser uma pessoa normal, alguém que anda na rua sem ser agarrado, um fulano que posta uma foto qualquer numa rede social sem ser perseguido por um milhão de *haters*.

Era inegável que demoraria um pouco para que as pessoas se esquecessem de mim como integrante de um fenômeno midiático, afinal, eu tinha sido um *sweeter*. A gente marcou uma época, ainda que as canções açucaradas não fossem das melhores e as coreografias me obrigassem a coisas que eu preferiria esquecer. No entanto, a internet guardava os registros, inclusive com o tom oficial de verbete gigantesco na Wikipédia, com fotos, biografias de cada um de nós e o escandaloso término com a saída misteriosa de Bárbara:

Sweet foi a primeira banda de candy-pop do Brasil, gênero que nasceu no Japão e virou uma febre mundial. As músicas e as coreografias foram assumidamente inspiradas na banda japonesa Watāme ["algodão-doce", em japonês]. As bandas de candy-pop têm por tradição escolher nomes ligados a guloseimas. Sweet, ["doce", em inglês] tornou explícita a referência, e os seus integrantes passaram a ser denominados sweeters.

Formada por seis integrantes: Antônio (Tom) Rodrigues Mendes, Bárbara (Báh) Viti, Clara Gomes Peixoto, Henrique Messina Neto, Theodoro (Theo) Jatobá e Julieta Kuratomi. Os membros foram selecionados entre 5 mil concorrentes de um talent show *promovido pela produtora brasileira Luna.*

O primeiro e único álbum de estúdio do grupo teve 50 milhões de downloads e tornou-se um dos maiores fenômenos da história fonográfica do país, impulsionado pelos sucessos Romeu & Julieta *e* Ondas de marshmallow. *A maior plateia em seus treze meses de atividade foi em um show no estádio de futebol Maracanã, na cidade do Rio de Janeiro.*

A Sweet encerrou sua trajetória depois da saída de Bárbara, que abandonou a banda sem maiores explicações. A integrante não foi mais vista nas redes sociais e continua no anonimato até os dias atuais. O grupo se apresentou pela última vez em São Paulo, sem a sua participação, sob os protestos dos fãs, e não se reuniu mais. O contrato com a produtora foi cancelado.

– Um minuto, pessoal! – a garçonete veio nos avisar. – Acabou a apresentação de *stand-up* e chegou a vez de vocês. A casa está cheia, clima superbom. A cozinha, bombando. Vocês não imaginam a quantidade de porções que saíram do forno do Zito. Loucura. Nestor está rindo à toa no caixa, faz tempo que não vinha essa quantidade de público. Deem uma olhada em como a lua está linda esta noite. Parece uma pedra perfeita, boiando no céu. Que atmosfera! Nunca vi isso. É hora do show. Chicones, arrasem!

capítulo 4

Se alguém pergu

A pulseira que eu coloquei no braço de Bárbara tinha uma pedra azul bem ao centro. Azul do mar e do céu de estrelas que ela inventava para nós dois quando a noite vestia densa neblina.

Todas as maluquices dela valiam o risco. Dar uma escapada no meio da madrugada para alcançar um terraço vazio, um pedaço de praia deserta, um beijo roubado no elevador entre um andar e outro. Só aumentava o que eu sentia por ela. A saudade insistia.

O sucesso que experimentamos juntos? Eu já tinha aprendido a duras penas que era relativo, passageiro também. Estava radiante por retornar ao palco, tocando o tipo de música que eu mais curtia com meus novos amigos, sem pretensão alguma de grandes públicos como foi no passado ao lado de Bárbara. Antes, eu enfrentava estádios, ginásios e teatros do país inteiro lotados, ingressos esgotados com meses de antecedência. Mas isso não era ruim. É claro que o final da Sweet me tirou o chão, a vida deu um giro e revirou a gente com notícias escandalosas, falsas suposições, acusações e ameaças de processos até contra as nossas famílias. Da banda, poucas amizades restaram.

    As músicas foram baixadas loucamente nas plataformas por um ano. Tanto que fomos a banda que alcançou mais rápido a marca de 1 bilhão de visualizações no lançamento de um clipe e mais de 60 milhões de seguidores em uma rede social. Depois do rompimento, os mesmos vídeos passaram a ser vistos e comentados por fãs raivosos que criaram suas próprias versões sobre as razões de o grupo terminar. Por isso, acabei deixando de ver essas lembranças e decidi tocar a vida adiante, embora vez ou outra alguém me parasse na rua para perguntar o que tinha acontecido. Eu não tinha resposta. Ficamos juntos por um ano e um mês: manhãs, tardes, noites, madrugadas. Não havia folga nos fins de semana, ao contrário, a agenda de shows tomava todos os horários e viajávamos para fazer mais de uma apresentação em duas ou três cidades no mesmo dia. No entanto, o fim mostrou que ninguém se conhecia, e foi cruel a forma como condenaram Bárbara como responsável pelo fracasso.

    Era impossível nossos pais seguirem conosco. Eles também tinham suas vidas, seus trabalhos, outros filhos. Não queriam que a gente perdesse a oportunidade de nossas vidas, e a produtora demonstrava sua responsabilidade ao cuidar para que tudo fosse perfeito, ao menos aos olhos deles. Rapidamente, passamos a ser tratados como adultos, ou cobrados como profissionais adultos. Ao contrário do que poderíamos pensar, isso não significaria ter mais liberdade. Diziam o que devíamos vestir, por onde andar, como responder. Ninguém da banda utilizava sozinho rede social; os administradores cuidavam dos perfis. Até as mensagens para nossas famílias passavam por um certo tipo de controle. "Vocês querem preocupar os pais de vocês e correr o risco de interromper a carreira de celebridade da música?" – era o tipo de coisa que a gente mais ouvia nos bastidores.

Os estudos foram prejudicados na maior parte do tempo. Nunca sabíamos onde seria a próxima parada. Sem amigos, sem família, namoros... nem pensar, era só trabalho, trabalho, trabalho. Ensaios, sessões fotográficas, campanhas publicitárias, viagens, shows. O dinheiro existia, sabíamos. Bárbara foi a primeira a entender que não adiantava muito ter dinheiro para comprar uma mansão e viver ostentando para tantos fãs que escreviam cartas e mensagens pedindo ajuda com itens básicos. Nunca conseguiríamos resolver os problemas de tanta gente.

Por mais de uma vez tivemos a sensação de que estávamos condenados a uma prisão. Alguém da banda soltava um comentário sobre não aguentar mais tanta cobrança e surgia uma onda de pressão ainda maior de produtores e patrocinadores, tudo escrito em contratos com multas gigantescas. "Estão reclamando dessa vidinha de príncipe e princesa com tudo do bom e do melhor?" ou "Vão dizer que preferem o anonimato, não ser alguém?", já não me surpreendia ouvir coisas assim.

Bárbara era sensata nas nossas conversas. No canto da sala de ensaio, nós trocávamos ideias e ela me dizia: "Estão sugando nosso sangue, Theo, e vão acabar nos matando". Minha covardia impediu que ela fosse mais longe muitas vezes. Eu pedia a ela que não entrasse em confronto com o pessoal da equipe porque não adiantaria nada ("participamos da seletiva por vontade própria"). Na minha cabeça, o correto seria manter a palavra, cumprir todos os compromissos.

Era preciso ter coragem para jogar tudo para o alto e voltar a ter uma "vida normal". Eu entendi a atitude de Báh, entendi porque vi nos seus olhos que era verdade, ela não conseguiria mais, tinha cruzado os limites. Fiquei seis meses sem sair de casa depois que tudo acabou. Não colocava o pé na calçada, tinha crises de ansiedade só de pensar nisso. Atormentava a minha cabeça o monte de motivos que a levaram a terminar tudo de uma vez, queimando pontes, dinamitando tudo sem dar chance para uma conversa com a equipe e com os outros integrantes da banda. Eu me agarrei aos estudos, ao vestibular que se aproximava para conseguir manter minha saúde mental.

    Bárbara fez o correto? Não tinha como saber, e agora, com a vida que eu levava com amigos, universidade, planos para o futuro e a música que a gente fazia do jeito que queria e ponto, não valia a pena remoer. Eu não tinha nada a fazer. E, no meio disso, eu admitia para mim mesmo que adorava aquela pessoa bárbara, nossa história que me enlouquecia e me fazia sorrir do nada quando a *playlist* tocava "nas noites sozinho é o teu nome que eu chamo".

    Eu sabia que era alguém melhor depois de ter conhecido o amor. Queria mais, não foram poucas as noites em que eu chorei de saudade, sem poder escrever uma mensagem. Guardava em segredo os momentos em que pudemos estar só nós dois. Por outro lado, Seo Chico representava minha vida nova na banda da alegria. O sabor da liberdade era bom, eu desconhecia por completo isso no tempo da Sweet.

    Se eu pudesse voltar no tempo, o que eu teria feito de diferente? Acho que nada. Não conseguiria impedir que Bárbara fosse embora. Não me arrependi de nada. Queria entrar naquela montanha-russa e entrei pronto para tudo ou quase tudo.

    – Vamos lá, rapazes? Palco liberado para vocês.
    – O show tem que continuar, Theo – um deles sussurrou.
    – É a vida que temos – rimos todos.
    Eles reconheciam a razão da ironia na minha resposta porque eram meus melhores amigos. Muito nó na

garganta eu tinha desatado, compartilhando com eles, em longas conversas, angústia, saudade, assédio, privações, cansaço, medo, desilusão, tristeza.

Percorrendo um labirinto infinito na cabeça, minha estrela estava lá, atravessando o corredor do camarim improvisado para entrar no palco do bar, eu e Bárbara, ela segurando minha mão, como foi no passado. Sua voz sussurrava para que ninguém nos ouvisse, chamava meu nome, cantava uma frase de alguma canção de que gostávamos. Era comum, segundos antes dos primeiros aplausos, repetir só para os meus ouvidos: "Vamos, Theo, juntos no palco e na vida".

Estranho como meu amor por ela só crescia.

capítulo 5

A cor por lugar

A história da Sweet começou a se desenhar naquele 29 de outubro, dia da final do concurso que escolheria os seis integrantes da banda. Os quinze selecionados da última rodada passaram por uma peneira que começou com 5 mil inscritos. Foi um dos meus melhores amigos quem me inscreveu, sem eu saber. Ele enviou para o concurso vídeos caseiros meus tocando piano, e eu nem lembrava que essas gravações existiam. Achei engraçado quando chegou o e-mail de convocação, pedindo os documentos para concluir a inscrição. Só podia ser coisa do Renato, ele era perito em aprontar com toda a turma. Quando ele confirmou o que tinha feito, soltei uma gargalhada. Era noite de som na minha casa e, para espanto geral, meus pais apoiaram a maluquice dele e pediram que eu fosse adiante.

Talvez, por impulso, eu tenha acreditado que esse seria meu caminho natural. Meu temperamento era mais propenso a continuar os estudos em casa, longe de qualquer tipo de exibição, seguindo a vida "no miudinho", como dizia meu pai. Foram anos de excursões pelo mundo fazendo música em dupla com a minha mãe; eram seguidas apresentações em festivais internacionais e gravações com figuras famosíssimas dos cenários pop e alternativo. Mas tanto ele quanto ela descobriram a felicidade em um lugarejo perdido no tempo, cercado de montanhas, mata nativa e viola caipira. A simplicidade era o estilo de vida da gente, não faltava nada para nos sentirmos plenos.

Era de se esperar que eu escolhesse seguir uma carreira musical. Minha mãe iniciou seus estudos em piano clássico aos sete anos e se formou no conservatório com as melhores notas. Foi pianista de orquestras, viajou pelo mundo executando sua afinação perfeita e acabou conhecendo meu pai durante uma temporada de concertos. Meu pai, músico também. Saxofonista apaixonado por blues, jazz e música experimental. Foi um choque quando ela largou a orquestra para cair na estrada com o namorado. O talento dos dois se juntou para formar uma dupla impressionante. O amor fez valer cada decisão que tomaram nessa parceria, eu cresci escutando isso. Contabilizaram anos de música de cidade em cidade, cruzando fronteiras de países, compondo juntos, descobrindo nove anos depois que eu estava chegando para formar o trio.

Casados, meus pais se assentaram nessa cidadezinha charmosa da serra, na divisa entre São Paulo e Minas Gerais, cheia de artistas e com grande potencial turístico. Foi ali que eu frequentei a escola com outras crianças e que aprendi, ao piano com minha mãe, a tocar de Beethoven a Beatles, além dos repertórios ecléticos que criávamos com canções de Tom Jobim, Nina Simone, Stevie Wonder, Rita Lee, Thelonious Monk e tanta coisa que descobríamos juntos. Não era apto ao sax, mas meu pai foi fundamental para que eu descobrisse minha voz de cantor. Juntos, nós três vivíamos a cumplicidade, revirando discos, arriscando ritmos, mixando o mundo todo dentro de casa.

Lembro bem que, quando pequeno, minha mãe me sentava na banqueta do piano sobre um dicionário grandão, que permitia que minhas mãos chegassem ao teclado. Ela foi minha professora a vida toda. Tinha disciplina, passava tarefas, aulas de solfejo e partitura. Com meu pai, o papo era outro. O rei do improviso, ele mesmo brincava com isso. Nosso apetite por arranjos mirabolantes crescia, juntando todo tipo de gênero musical com a atmosfera clássica do piano. Cresci com a música sendo tão natural para mim quanto andar e falar.

Ao final da primeira seletiva, ganhei confiança, mesmo sem entender os motivos de desqualificar outras pessoas aparentemente mais interessantes do que eu. Na final, precisei me beliscar. Não era uma brincadeira do meu melhor amigo, ou uma sessão musical com pizza e sorvete na minha casa. No palco da finalíssima, eu me arriscaria diante de câmeras de televisão e uma bancada de júri, que incluía astros e outros nomes importantes da produção musical. Convidados enchiam a plateia. Transmissão simultânea pelas principais plataformas digitais.

Minha sensação era de que, além dos dotes vocais, os jurados estavam empenhados em escolher um time que não desse margem às críticas sobre a falta de diversidade do grupo. Eu não tinha nada de muito especial, pensava, não me achava bonito o suficiente, embora minha mãe estivesse lá reforçando que qualquer pessoa se apaixonaria ao me ver tocando piano.

A cada etapa, eram escolhidas pessoas com características bem diferentes entre si. De cara, apostei que Tom ficaria. Além de dançar melhor do que todos, ele tinha uma potência vocal de quebrar tudo. Bárbara era a outra pessoa em que eu colocava todas as minhas fichas. As mãos dela mexiam nos cabelos de forma aleatória, escondendo e mostrando seus olhos, enquanto ela cantava e dançava como se estivesse sozinha no palco. As lágrimas foram inevitáveis quando a produção do programa mostrou um vídeo dela ao lado de uma vizinha que, embora nunca tivesse estudado em escola alguma, era uma espécie de mestre autodidata e dedicava seu tempo a ensinar canto para quem quisesse.

Não conseguia parar de acompanhar Bárbara com os olhos, e parecia que ela tinha percebido isso desde o nosso primeiro encontro. Tive receio de que ela pensasse que eu era um *stalker* ou algo do tipo, por isso, comecei a me vigiar, evitando dar bandeira do meu interesse. Mas, quando entrava no palco para cantar, Bárbara era explicitamente uma estrela, capaz de arrancar suspiros até das poltronas vazias do teatro.

Clara era a outra garota que passou por todos os testes com alto nível de desempenho. Tinha iniciado sua formação em canto num coral. Sua voz soprano foi uma surpresa para todos. Fez a última apresentação cantando à capela. Os músicos foram instruídos para entrar somente no trecho final, e ela decidiu cantar uma música religiosa tão conhecida e emocionante que a plateia foi ao delírio. Os rostos emocionados, molhados de lágrimas, geraram um vídeo que seria lembrado como um dos pontos altos do programa e viralizado nas redes sociais.

Henrique era gigante. Treinava pesado a voz e o corpo. Ele tinha músculos saltados que eu nem sabia que existiam. Morava no litoral, surfista, bronzeado e tudo mais. Quando chegou sua vez de subir ao palco, naquela última audição, não fez por menos: entrou descalço, carregando o violão, camisa branca folgada e meio aberta que comprovava sua beleza fatal. O talento para a música vinha junto. O cara não era um Yamandu Costa ou um Santana nas cordas, mas tocava muito bem e cantava melhor ainda.

Julieta tinha uma personalidade peculiar, capaz de confundir jurados e plateia com suas interpretações cantadas e faladas. Nunca tinha visto alguém ousar versos complexos, lançando-os no meio da música, como quem, conversando consigo mesmo, pensa a canção que canta. Mas ela também sabia ser arrogante, a ponto de passar como um trator quando alguém desafinava, errava uma nota ou interrompia a melodia durante um ensaio.

Entre o pessoal da banda eram comuns comentários sobre o jeito de Julieta. "A gente só queria ter metade da confiança da Ju, ou não." Ríamos, inclusive na presença dela, que, aparentemente, preferia ser notada quaisquer que fossem os comentários.

Eu fiquei por último. Isso me pesava.

O desafio piorou com o fato de ter que entrar no palco sem ter escolhido, até aquele momento, uma das duas canções que eu havia preparado. Não sabia qual seria a melhor, qual me daria mais chances de conseguir impressionar os jurados. Eu me garantia muito bem cantando em inglês e uma performance nessa língua poderia render uns pontos naquele concurso. Mas a paixão pela canção latino-americana corria em minhas veias. Foi nessa hora que eu me lembrei. Eu estava ali por acaso, para me divertir, fazendo o que eu mais amava: tocar piano, cantar, improvisar.

capítulo 6

**Milh
de cor
desped**

Como aprendi a passar pelo risco experimental, juntando conhecimento de orquestra com música de rua, porque eram essas as minhas referências (mãe, pai e os amigos deles que viviam em nossa casa), superei o medo e encarei. Resolvi minhas dúvidas juntando duas canções ensaiadas à exaustão, um mix sensacional de Nina Simone e Jorge Ben Jor.

Toquei com a alma nas pontas dos dedos. Cantei como se eu já fosse o astro acostumado a conduzir as emoções da plateia. Fechei os olhos, em muitos momentos, para não ver nada nem ninguém além da música. Aplaudiram de pé – e os produtores, celulares em punho, gravaram a barulheira de gritos e assobios.

Pela fresta da cortina, vi que Bárbara me observava. Eu merecia um cantinho do olhar dela. Parecia torcer por mim. Foi nesse segundo que senti algo único: seríamos inseparáveis. Ou simplesmente quis assim.

O suspense para anunciar os nomes dos integrantes da futura banda foi alimentado pela exibição de um vídeo da produtora, que vendia para o público a ideia de que algo novo nascia naquele instante. O concurso não avaliava apenas os dotes vocais de cada um. Todos os candidatos tinham histórias fortíssimas de superação na música, estudo e dedicação sem limites.

Escondi o rosto com uma das mãos, fingia mexer no cabelo, tirando e colocando de volta minha bandana. Bárbara foi a única que percebeu. Seu bom humor reduziu minha ansiedade quase a zero.

O anúncio dos nomes veio em ordem de apresentação. Os jurados reforçaram que, dos seis escolhidos, nenhum era melhor do que os demais. A estratégia do programa era fazer a gente pensar no brilhantismo do grupo. Por um tempo, funcionou. Houve até um momento em que pensamos que seguiríamos a vida inteira juntos.

Na noite em que Bárbara foi embora, eu não consegui pensar no começo da banda e em como tínhamos chegado até ali. Eu só repassava na minha cabeça os nossos últimos momentos. Imaginava o tanto de coisas que poderíamos viver juntos. Repetia as palavras dela na memória como alguém que procura alguma pista, queria saber seus verdadeiros motivos. Arrependido de não ter gritado pelos corredores atrás dela, eu cheguei a cair doente.

O tumulto do dia seguinte, com a notícia de seu quarto vazio e a confirmação dos funcionários do hotel de que ela havia partido na madrugada, acompanhada da mãe, trouxe amargas revelações.

Desde os primeiros ensaios da banda foi fácil perceber que Henrique era um sujeito egocêntrico. Fazia o gênero desprendido, manteve gestos pontuais, como o hábito de tirar os sapatos para entrar no palco ou durante entrevistas, que lhe conferiam um ar de liberdade e simplicidade até. Não foi só eu quem notou que, ao contrário do que se esforçava para exibir com sua aparência, ele tinha atitudes gananciosas, era agressivo em estratégias para aparecer mais do que qualquer um.

Henrique foi o primeiro a virar o episódio contra Bárbara, numa tentativa cruel e mesquinha de vingança.

– Eu sabia que ela ia fazer alguma besteira! Aquela garota tentou de tudo para chamar nossa atenção, inclusive quis me usar para isso.

– Como, Henrique? Do que está falando? – perguntei.

– Eu já não aguentava mais as cantadas da Bárbara. Ela tentou me agarrar várias vezes pelos corredores, passava mensagens cheias de insinuações.

– Verdade? Mostra aí as mensagens pra gente ver! – provoquei, apontando para o celular que estava em sua mão.

– Eu apaguei – ficou evidente que estava mentindo.

– Sabia que ela era fingida – intrometeu-se Clara. – Sorte a nossa que mostrou sua verdadeira personalidade. Podemos seguir muito bem sem ela.

– Do que vocês estão falando? Será que não percebem que algo grave pode ter acontecido para que ela fugisse dessa forma? E se fosse com algum de vocês? – eu custava a acreditar que todos estivessem contra Bárbara antes de saber o que de fato tinha acontecido com ela.

– Sinto muito, Theo – respondeu, calmamente, Tom. – Tem um lance aí de resposta, sacou? Se a figura estava com algum problema, podia pedir ajuda, colocar a treta na mesa. Na real, a gente tem uma parada que fica osso de resolver de última hora. Lembra que tem show essa noite?

– Theo é um bobo, sempre foi um bobo na mão daquela uma – completou Clara.

– "Aquela uma"? O que é isso, Clara? Quantas vezes Bárbara deu suporte para você desabafar uma pá de coisas da sua família? – perguntei, porque eu sabia de algumas situações bem complicadas.

Henrique ameaçou sair do quarto de Tom, onde estávamos reunidos, para voltar ao seu, fugindo da discussão que ele tinha começado.

– E você, Henrique, volta aqui. Você fez insinuações maldosas. Tem que provar tudo o que disse! – gritei.

– Vai defender a namoradinha, é isso?

– Cara, eu juro que eu sou calmo, mas não me provoca.

– Com essas mãos de pianista, nem vem. Fecha a sua boca, vai lá pro seu quarto, dorme e esquece essa garota, porque ela não vale a pena, meu amigo.

– Eu não sou seu amigo, Henrique. Nunca fui.

Clara e Tom não se mexiam. Ficaram de braços cruzados, indiferentes ao que Henrique falava a respeito de Bárbara.

– Vai me dizer que está apaixonado, Theo? Você é um trouxa, cara.

– Não me provoca, Henrique. Eu não estou a fim de brigar, só quero que a gente investigue o que houve. Ela pode estar em perigo, inclusive.

– Que papo é esse?

– Podia ser qualquer um de nós nessa situação.

– Eu que não! – gritou Clara.

– Nem eu – completou Tom.

– Fala aí, Theo, andou passando as noites no quarto escondido com ela? Dormiam juntos em todas as viagens? Ela foi com tudo, deu em cima e, agora, você tá caindo na real que a mina é uma pilantra, né? – ironizou Henrique, provocando uma reação inesperada em mim.

Não sei o que me deu. Não lembro exatamente como fiz aquilo. Vi a chefe da produção passar com um saco enorme de gelo na mão. Alguém disse que o nariz ia virar uma batata. Eu, com o sangue na cabeça, só recuperei total consciência mais tarde. Na enfermaria, com a mão inchada do soco que eu dei no Henrique, percebi que, em poucas horas, tínhamos caminhado para o abismo e, disso, viria o fracasso, de maneira irreversível. E logo eu, que não pisava nem em barata, fiquei com fama de violento depois de socar o galã da banda.

Podia prever a nota espalhada por todos os cantos da internet: "Theo soca o nariz de Henrique. Os dois disputavam o amor de Bárbara. Até agora ninguém sabe o paradeiro da estrela da banda".

Julieta sumiu no meio daquela confusão. Foi para o quarto, trancou a porta. Lá ficou por horas e horas, não atendia sequer o telefone. Parecia estar em choque. O estranho é que, naquela mesma noite, durante o show, ela fez questão de assumir a frente do palco, o que gerou uma série de fofocas suspeitosas de uma disputa entre ela e Bárbara pelo protagonismo na banda. Mais uma mentira daquelas que a gente não conseguiria desmentir por completo, ainda mais sem a presença de Bárbara para confrontar suposições.

 O pior é que eu não podia dizer nada do pouco que sabia sobre a decisão que Bárbara tinha confidenciado a mim, antes de sair do grupo, dilacerando de forma brutal os sonhos de todos, de uma só vez. Restava saber se ela tinha razão para agir daquela forma. Eu acreditava nela. Queria seguir assim: acreditando.

capítulo 7

Olha
docin

"E, finalmente, o último escolhido para fazer parte dessa nova banda é... Quem vocês acham que é?" O apresentador fazia tanto mistério que a vontade que eu tinha era de acelerar a fala dele como fazia com áudios longos no aplicativo. "Chega de suspense. O sexto integrante da nova banda é ele! Theooooooodoro!"

Quando meu nome foi anunciado, eu chorei como nunca havia feito em toda a minha vida. Talvez tenha chorado assim na morte do meu avô, dois anos antes. Era por isso, também, minha emoção. Queria que ele estivesse me vendo.

Ao final do anúncio dos ganhadores, a produção do concurso retirou rapidamente do palco os nove candidatos eliminados. Ficamos na ordem em que fomos revelados, Tom, Julieta, Clara, Henrique, Bárbara e eu. Os seis eleitos! Os *flashes* de um milhão de fotografias não foram suficientes para impedir as *selfies* que fizemos, mais umas 500 mil (o meu exagero na contagem vinha da agonia de quem detestava aparecer em fotos, mas deveria me acostumar com isso, eu sabia). Fomos entrevistados pelo casal de apresentadores, recebemos os carinhos de nossos familiares, que estavam acompanhando tudo dos bastidores. Quando a transmissão da *live* acabou, nós seis fomos levados para o camarim principal, onde uma pequena festa tinha sido preparada. Foi ali que algo invisível saiu de Bárbara e me penetrou em cheio o coração. Tinha cabelos cacheados, olhos que pareciam avelãs contornadas em tom quente, alaranjado. Ela estava com uma saia florida que chegava aos seus pés, o tecido leve balançava com seus passos, e era como se ela pudesse voar. Usava tênis de cano alto com estampa de caveirinhas.

Não lembro quem puxou conversa com quem. Talvez eu tenha comentado algo sobre o tamanho minúsculo dos canapés. Estava morto de fome. Só sei que engatamos um papo bem legal. Até quinze minutos antes, todos eram adversários. Naquele momento, passamos a ser um time. A gente se esbaldava nos salgadinhos, enquanto nossos pais liam um manual sobre o comportamento que as famílias deveriam adotar dali para a frente. Ao nos inscrevermos para o concurso, eles já tinham assinado um pré-contrato de cessão de direitos e administração de carreira com a produtora. A partir da seleção, nossas vidas artísticas pertenciam ao sucesso da banda. Não só nossas vidas artísticas – o que seria descoberto mais tarde. Meus pais se preocupavam, mas confiavam que eu não deixaria de ser o mesmo Theo de sempre. Combinamos que falaríamos sobre tudo com detalhes, fosse por mensagem ou por chamada. Outras pessoas da banda tinham famílias bem diferentes da minha, rolava um tipo de pressão por sucesso, para conseguir uma grana alta sem tanto esforço, aproveitando a vida boa.

Durante um curto período, eu escrevia até os detalhes da minha rotina para os meus pais. Não durou muito.

A agenda da banda devorava a gente. E eu só dizia que estava tudo bem, tudo ótimo, que sentia saudade e que estava feliz. O tempo passava veloz.

Nosso novo patrão atendia pelo nome de José Roberto e se apresentava como "executivo musical". Tinha um rosto estranho, com maxilar longo e ossudo que fazia sua risada parecer artificial.

Foi a primeira vez que vimos o diretor-geral da produtora Luna. Ele chamou um por um de sua equipe e anunciou que, naquela noite mesmo, lançariam uma promoção virtual para a escolha do nome da banda. Seriam três alternativas: Lollipop, Marshmallow ou Sweet.

– Os docinhos! – falei a uma distância relativamente pequena do ouvido de Bárbara, o que me fez sentir um perfume de lavanda.

– Os Docinhos? Nome mais esquisito para a banda...

– Ah, não foi isso que eu quis dizer – fiquei um pouco desconcertado, visivelmente corado. – Eu ia avisar das bandejas de docinhos que vi passar, ali, ó! Quer?

– Sim, docinho – ela me respondeu, e assim começaria um dos apelidos carinhosos que Bárbara utilizava para me chamar quando conseguíamos estar a sós.

Rimos muito com a piada involuntária. Ela tinha um sorriso que iluminava ainda mais seu rosto. Quer algo mais apaixonante que rir juntos?

Nem eu nem Bárbara parecíamos preocupados com os demais integrantes, o que gerou um certo constrangimento, que percebemos quando Henrique se aproximou levando os demais para a conversa.

– Parece que vocês dois já se conhecem bem – e piscou para mim, mostrando uma intimidade que não existia.

– Sim, sou boa nisso, conheço um doce de pessoa antes de provar – Bárbara rebateu. – Mas também posso identificar coisas sem sal.

Henrique gargalhou como se menosprezasse a provocação. Por alguns instantes, um clima tenso percorreu o ambiente. Julieta se aproximou, passou a mão nos meus cabelos e me abraçou, sem tirar os olhos de Bárbara.

– Theo é mesmo um doce, tivemos uma conexão perfeita na etapa anterior do concurso.

Eu não tinha recordação alguma do que ela insinuava. Nós mal nos cumprimentávamos. Sem reação, desatei a engolir brigadeiros, um atrás do outro.

– Gostei disso, conexões profundas, pessoas doces, outras ardidas, acho que rola um clima interessante nessa banda. Vamos organizar umas festinhas animadas, longas madrugas em quartos de hotel – Henrique sorriu malicioso.

Bárbara se afastou, sem dizer nenhuma palavra, caminhando em direção à varanda. Chegou a ser abordada por Tom e Clara com alguma conversa que não fez questão de continuar. Eu me senti um idiota de não seguir atrás dela. Fiquei ouvindo Henrique e Julieta por mais alguns minutos, disfarçando minha inquietação. Em determinado momento, pedi licença para ir ao banheiro. Saí para o corredor e as portas idênticas acabaram embaralhando minha cabeça. Entrei por engano numa sala de reunião. Sobre a mesa de vidro, caixas prateadas marcadas com um desenho estilizado da letra S chamaram minha atenção.

Eu me aproximei com cautela, afinal, a qualquer momento, alguém poderia entrar e me questionar. A curiosidade que me tomava era maior do que a insegurança ou a timidez. Se alguém abrisse a porta, eu responderia rápido "estou perdido à procura do banheiro". Foi assim que me preparei.

Ergui a tampa de uma das caixas e vi uma pilha de camisetas com o mesmo símbolo da caixa. O S só podia ser de Sweet. Pelo visto, o nome já estava escolhido. O tal concurso era só uma armação. Precisava voltar ao camarim e contar isso para Bárbara.

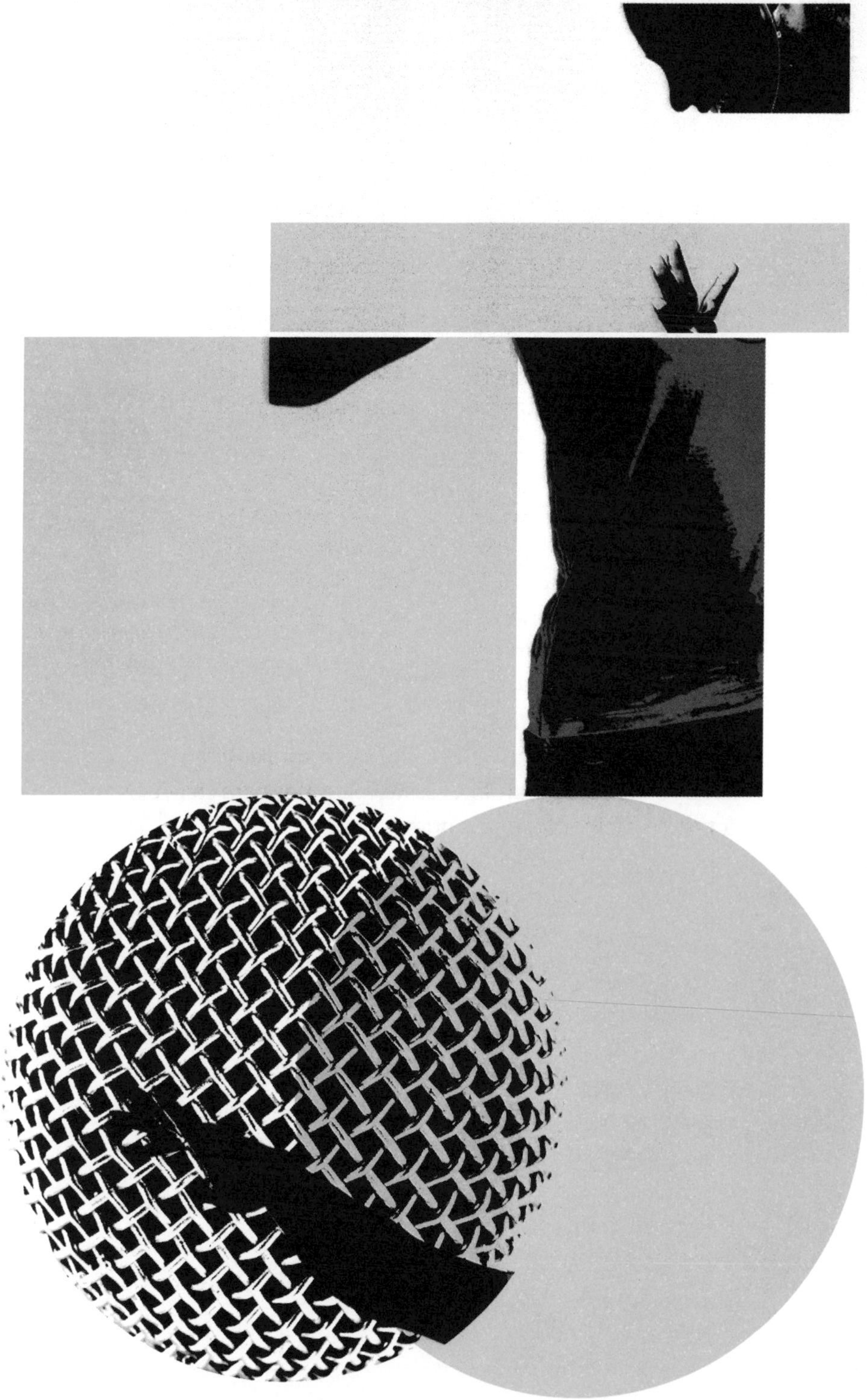

Na saída da sala de reunião, trombei com uma mulher que me olhou de cima a baixo.

– Perdido?

– Apertado! Banheiro... sabe onde é?

– No final do corredor, última porta. Tem alguém aí?

– Como?

– Na sala. Você não estava lá dentro?

– Nem cheguei a entrar direito. Abri a porta e me deparei com cadeiras e uma mesa no lugar de uma pia e um... sabe como é...

– Ah, então vou passar a chave na porta. Vai que outra pessoa se perde por aqui ou se mete a espião, né?

– Beleza – respondi, suando frio, e tomei o corredor no sentido contrário do que ela tinha me apontado.

– Garoto, você não ia ao banheiro? É para o outro lado.

– Passou. Era um alarme falso. Minha bexiga às vezes me apronta dessas. Acho que vou embora. Obrigado!

Entrei no camarim, ansioso. Bárbara já não estava lá. Todos tinham ido embora. Meus pais se aproximaram contentes e me abraçaram. Em vez de voltarmos para casa, eles acharam melhor ficarmos num hotel.

Aquela madrugada eu quase não consegui dormir. Na minha cabeça tudo girava rápido, como um clipe musical em que as imagens contam e misturam as histórias em um carrossel. O concurso, a escolha dos integrantes, os requintes do camarim, os papéis para assinar, todos os jornalistas nos tratando como estrelas, a antipatia de Henrique, as caixas marcadas com aquele S estilizado que eu descobri por acaso. E Bárbara, a voz dela me chamando, aqueles olhos que eu jamais me esqueceria de lembrar e lembrar e lembrar de novo.

Depois de alguns dias, acabei duvidando de mim mesmo. Será que minha conclusão sobre o concurso que escolheria o nome da banda era precipitada? Na dúvida, não contei nada para ninguém, nem mesmo Bárbara soube. Eu estava ansioso, todos nós estávamos. Eu poderia ter me confundido, interpretado errado.

Como tudo na minha vida era mais lento, continuei pensando no assunto tempo demais.

capítulo 8

Prometer de verde ama

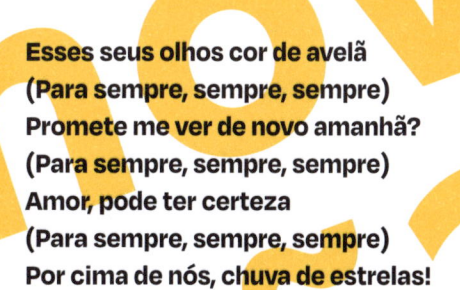

**Esses seus olhos cor de avelã
(Para sempre, sempre, sempre)
Promete me ver de novo amanhã?
(Para sempre, sempre, sempre)
Amor, pode ter certeza
(Para sempre, sempre, sempre)
Por cima de nós, chuva de estrelas!**

Ouça aqui
Olhos de avelã

    O último refrão, as pessoas de pé, cantando junto, e uma sensação de que ela me ouvia de algum lugar, nas plataformas digitais, nos vídeos que a banda postava nas redes sociais, sentada na primeira mesa, um dia, talvez. Ela sabia que era sobre nós a canção que eu fiz, cheia de saudade. Enquanto trabalhávamos juntos, na Sweet, ela dizia boa-noite para mim e completava, como se fosse possível o contrário:

    – Promete me ver de novo amanhã?

    Eu sorria, dizia que sim, por pura e espontânea vontade. E era verdade.

Um grande amor deixa marcas, eu imaginava que sim. Mas, por dentro, era diferente e bem mais do que isso. Era como se ela estivesse comigo na noite anterior e me pedisse, com aquele jeitinho doce de fechar os olhos devagar, mexer nos cabelos, falar baixinho para que ninguém ouvisse. A gente se amando em segredo.

Se eu soubesse, se eu pudesse sequer supor o que aconteceria, teria sido mais corajoso, teria chutado o contrato, enfrentado tudo para andar com ela de mãos dadas pelas ruas, praças e avenidas.

Ficava pensando nas reações dela enquanto soltava a voz no palco. Pensando no que não tivemos chance de viver. O que aconteceria com a gente se pudéssemos viver uma história de amor toda nossa? Minhas canções falavam disso, e o pequeno público que agora me escutava adorava se emocionar ao abraçar seus amores, enquanto eu repetia o refrão.

O clima no bar com a Seo Chico estava uma delícia. A lua cheia preenchia parte da atenção das pessoas e os amigos conheciam e cantavam nossas músicas, o que me emocionava de um jeito especial e diferente dos tempos de astro, quando as letras das canções tinham mais a ver com um projeto de marketing do que comigo.

Durante um tempo, alguns fãs mais fiéis da Sweet apareceram em apresentações da Seo Chico. Vinham pedir autógrafo e fotos. Não tinha como escapar, não era do meu perfil ser indelicado ou insensível, por isso, nunca vazou uma notícia antipática a meu respeito.

Com outras bandas de candy-pop aparecendo a cada mês, o meu anonimato voltava a ser possível, e logo ninguém se lembraria do "tecladista daquela banda". "Como era mesmo o nome dele?", alguém perguntaria e nem se esforçaria para pesquisar na internet, como todo tipo de memória descartável.

Eu estudava, tinha amigos, morava numa república com um pessoal maneiro e visitava meus pais sempre que possível. No bar, Seo Chico era uma banda queridinha, sempre pintavam colegas da universidade que traziam os amigos e os amigos dos amigos. Além disso, éramos tratados como sobrinhos pelo dono, comíamos a melhor comida, levávamos sacos de frutas colhidas no quintal como recompensa pelo baixo cachê que a gente recebia como se fosse 1 milhão de reais.

Numa de minhas primeiras apresentações, notei a presença de três pessoas um pouco mais velhas que o público tradicional da casa. Dois homens e uma mulher. Beberam bastante, comeram alguns espetinhos e não tiraram os olhos de seus celulares. Das poucas vezes que encararam o palco e a banda, eu parecia ser o centro das atenções do trio. Aquilo me incomodou boa parte do show. No final, descobri que eles eram investigadores e estavam ali justamente por minha causa. Mostraram a carteira com a insígnia, cena bem de cinema, e pediram para conversarmos informalmente. Nestor veio ver o que estava acontecendo e, quando os policiais se identificaram, ele ofereceu o escritório.

Até aquele momento, eu nunca tinha entrado naquele cômodo do bar. Era um cubículo cheio de quinquilharias de todo tipo. Parecia até um museu de tantas coisas velhas. A investigadora, que se apresentou como Mônica ou Monique, não escutei direito, iniciou:

– Estamos investigando algumas pessoas da produtora Luna, mas seus nomes estão correndo em segredo de justiça. Talvez você possa nos ajudar. É só uma conversa, ok? São perguntas simples e tranquilas. Não estamos tomando seu depoimento, faremos isso mais adiante.

Fiquei assustado, não estava esperando aquela abordagem. Tremia. Mônica ou Monique continuou:

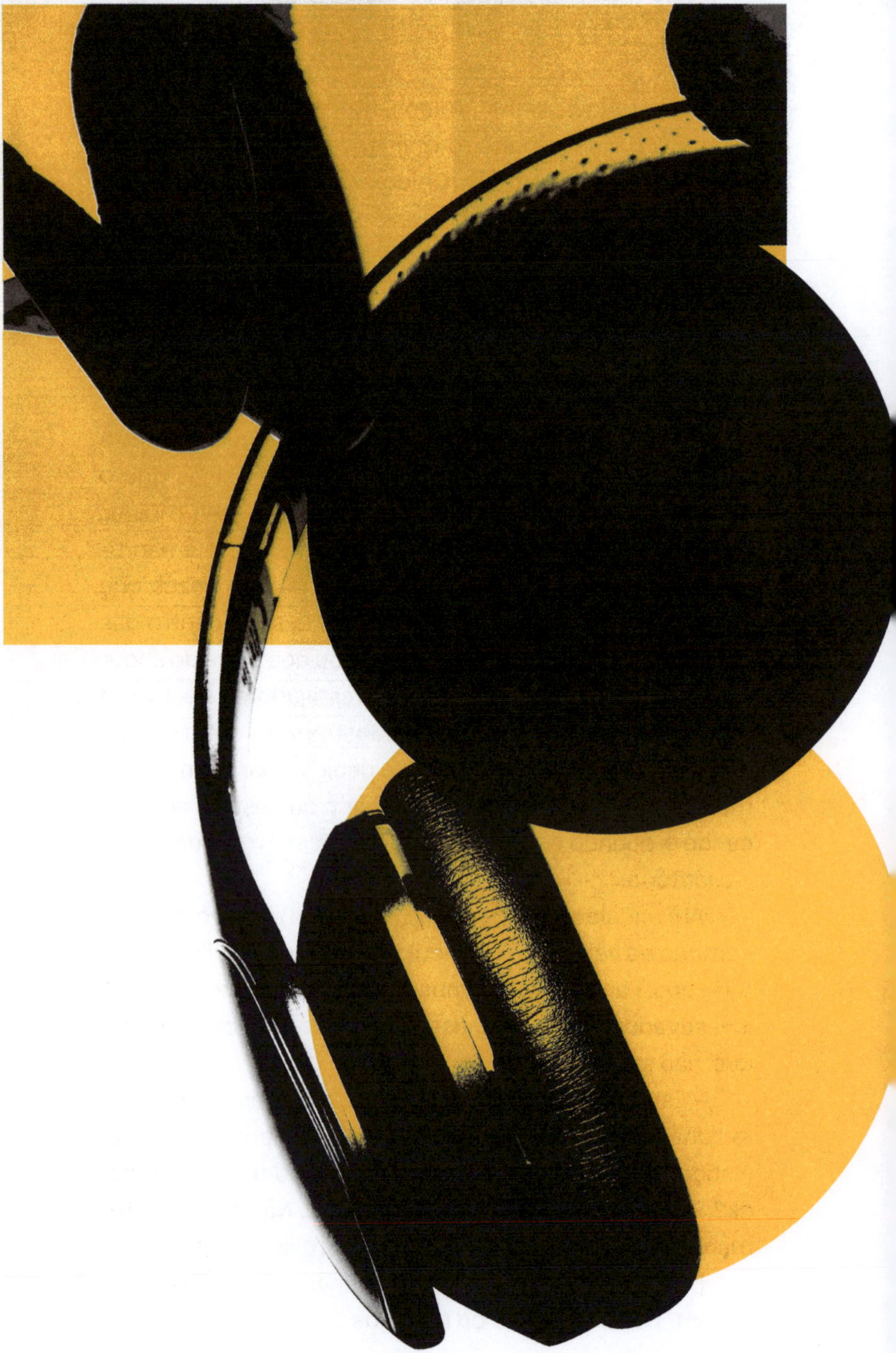

– Você se lembra de ter visto algo estranho ou suspeito no período em que trabalhou para a produtora?

Ela me explicou didaticamente o que chamavam de "estranho" e "suspeito". Claro que me lembrava, disse. Contei de uma noite em que algo muito "estranho e suspeito" aconteceu com Bárbara. Dei a minha versão.

– Entendi...
– É, mas eu não tive mais notícias dela. Vocês sabem onde ela está?
– Fique tranquilo – disse um dos investigadores, que tomava nota de tudo e que não tinha ainda aberto a boca. – Ela está sob os nossos cuidados.
– Sério isso? – eu não fazia ideia. – Ela mudou de nome? Mudou de país?
– Isso é confidencial – ele tentou se corrigir, aparentemente constrangido de ter passado uma informação que não deveria. – Só posso dizer que ela está bem cuidada.

Fiquei atônito ao receber, ainda que por vias tortas, uma notícia de Bárbara. Ela existia, não era um devaneio meu. Óbvio que não. Por vezes, revirando o travesseiro sem conseguir dormir, eu ficava me perguntando: "Ela existiu e te amou, ou você inventou essa perfeição num mundo só seu, Theo?". Não foram poucas as vezes em que cheguei a ouvir sua voz me chamar antes de o alarme tocar e eu ter que saltar da cama, amarrotado de sono, perseguindo a esperança de cruzar com ela pelas ruas, nos pontos de ônibus, nas praças.

A investigadora agradeceu, dizendo que eu tinha sido prestativo, estendeu a mão para me cumprimentar. Já estávamos no quintal quando ela voltou e me pediu, um pouco constrangida, um autógrafo para a filha, que era fã da Sweet. O nome da filha era Carla. O dela fiquei mesmo sem saber.

capítulo 9

Um repertório de ofe

Aquela manhã no hotel, a primeira sem Bárbara, foi pra lá de agitada. A produção confiscou nossos aparelhos celulares para que não postássemos nada. Durante a madrugada, escrevi várias vezes para Bárbara e ela nem visualizava as mensagens. Tomei o cuidado de apagar tudo antes que alguém da turma de José Roberto visse.

O post em que ela anunciou a saída da banda, no meio da madrugada, já tinha sido compartilhado sei lá quantas centenas de milhares de vezes. Os fãs ficaram sem entender o que estava acontecendo. Tinha gente achando que era *fake news*, jogada de marketing, autopromoção para o show daquela noite. Éramos o assunto mais comentado do momento.

Nosso café da manhã foi servido no quarto. O garçom que veio com a bandeja me contou que o saguão do hotel tinha sido invadido por jornalistas. Os outros hóspedes reclamavam sem parar.

O tempo estava passando e nenhuma notícia de Bárbara. Até que fomos chamados para uma reunião de emergência no quarto do chefão. José Roberto estava furioso.

– Espero fortemente que nenhum de vocês tivesse conhecimento da fuga daquela idiota e não tenha nos avisado... – e abriu um repertório de palavrões e impropérios que eu só costumava ouvir em jogos de futebol quando o árbitro marca um pênalti contra o time da casa na final do campeonato. – Vou acabar com a raça dela, ah, se vou. Quem ela pensa que é? Vai voltar à sua vidinha insignificante e seus pais ainda serão devidamente responsabilizados e processados. Pagarão por todos os nossos prejuízos.

De tão nervoso, a saliva espumava nos cantos de sua boca, e de suas bochechas vermelhas pareciam pipocar brotoejas. Logo ele mudou o rumo da conversa e veio em minha direção:

– E você, Theodoro? O que deu em você? Ficou louco ou o quê? Já viu o que você fez no nariz do Henrique? Dois imbecis inconsequentes. Uma foge, dois brigam. O que falta agora? Estou cansado de cuidar de adolescentes. A próxima banda da produtora vai ser com gente adulta, responsável, inteligente.

Eu me sentia muito mal, não pelo soco que eu tinha metido na cara do babaca do Henrique, mas por ser chamado de imbecil pelo rei dos imbecis. Tom gesticulou para que eu ficasse na minha, deixasse o sujeito falar, sem dar importância.

Julieta encontrou nesse surto de José Roberto um campo fértil para se posicionar contra a atitude de Bárbara.

– Quem precisa daquela fingida, diz? – disparou ela. – Posso muito bem fazer as vezes de vocalista principal da banda. Posso provar isso no show desta noite.

– Faça isso então – concordou José Roberto. – Vou redigir agora um comunicado oficial para a imprensa sobre a saída da maluca. Vamos dizer que ela foi demitida por comportamento inadequado dentro do grupo. E vocês vão se preparar para o show. Tenho muitas contas para pagar.

E, virando-se de novo para mim e Henrique, disparou:
— Não quero que ninguém saiba da briga entre os dois. Não me interessa se vocês se detestam, se odeiam, se querem se matar. No palco, diante dos fãs, quero que transmitam uma amizade fora do comum.

Clara continuava sentada na poltrona, encarando Julieta com os olhos em brasa. Henrique não deixou por menos, fez seu papel deprimente de vítima:

— Vocês todos são testemunhas de que eu não fiz nada para ser agredido. Só não vou processar você, Theo, porque eu penso na banda, em todos nós.

Continuei quieto, uma caixa hermeticamente fechada, pronto para sair daquela reunião desagradável.

— Não foi culpa dele, Henrique — emendou Julieta. — A vilã dessa história é aquela vigarista que deu no pé.

Servindo-se de uma dose de uísque misturado ao café, José Roberto colocou todo mundo para fora e mandou que suas assistentes garantissem que ficaríamos isolados até a passagem de som.

Eu resolvi dormir o máximo que pudesse. Se eu conseguisse. Por horas fiquei me revirando na cama, ligando e desligando o ar-condicionado, andando pelo quarto e me encarando no espelho com uma pergunta estampada no meio da testa: "Por que você não me levou junto, Báh? Por quê?".

capítulo 10

Rom & Juli a pri can

eu

eta,

meira

ção

Na grande noite da final do concurso, ainda vivendo a emoção de ter sido um dos escolhidos para a banda, não consegui pregar os olhos. Passei a madrugada me remexendo na cama do hotel como um peixe fora d'água. Mal sabia eu que minhas noites de sono estariam todas condenadas à apreensão de conseguir ou não corresponder ao que milhões de pessoas passariam a esperar de mim – e de nós todos da banda.

O que seria da minha vida a partir da assinatura daquele contrato? Estava muito ansioso para iniciar o trabalho, mas, ao mesmo tempo, um medo indecifrável me pegava pelos calcanhares. Não houve tempo de descanso. Na manhã seguinte, nós estávamos – todos com cara de zumbis – num estúdio lindo. Começamos tirando as medidas para os figurinos e fizemos outra demorada sessão fotográfica. Conhecemos o coreógrafo da equipe, que nos explicou suas ideias. Teríamos ainda aulas de canto e dança todos os dias.

Fomos apresentados também à equipe que estava produzindo as letras e as músicas. Compositores bem afamados trabalhavam para finalizar o repertório. A primeira música que ouvimos foi *Romeu & Julieta*, com refrão bem grudento e meloso, que era exatamente a essência do candy-pop. Disseram que aquela seria a nossa primeira música de trabalho.

Ah, eu não sei viver sem te amar
Ah, eu não vou nem tentar
Romeu e Julieta, apenas nós dois
Não vamos deixar pra depois

Ouça aqui
Romeu & Julieta

Os caras eram especialistas em fazer sucessos. Consultavam planilhas, pesquisas, números, listas de palavras que se repetiam em canções *trends*. Fazedores de *hit parades*.

Ainda que o ambiente profissional desse a nítida impressão de que a equipe de marketing sabia produzir os conteúdos para a banda, a primeira canção me parecia péssima. Eu estava acostumado a escutar música desde antes de nascer e, apesar do meu repertório eclético, *Romeu & Julieta*, por si só, parecia uma história mastigada demais, um clichê desinteressante. Não conseguia entender a tal fórmula.

Para cada música, havia também uma coreografia especialmente ensaiada. Dançar não era meu forte. Os passos coordenados faziam de nós uns espantalhos, com movimentos tão esquisitos quanto as músicas. Vergonha alheia daquilo. Mas, verdade seja dita, meus companheiros estavam levando tudo a sério, pareciam se dedicar ao máximo, e eu resolvi relevar minhas críticas e me esforçar também. No caso de *Romeu & Julieta*, quem ficava em evidência eram Henrique e Bárbara. Parecia que a produtora queria explorar os dois como "casalzinho romântico" da banda. Quem chiou nos bastidores foi Julieta. Ela não se conformava com a decisão. O mais lógico, reclamava, seria ela cantar essa música porque já se chamava Julieta.

Lembro bem que Bárbara tentou conversar com a equipe, sugerindo que Julieta assumisse o protagonismo da canção que levava seu nome. Chegou a mencionar que a voz dela era, inclusive, mais adequada aos agudos do refrão. Nem assim Julieta sossegou. Continuou a tratar Bárbara com estudada indiferença. O deboche era explícito quando Julieta ensaiava com o grupo, imitando os trejeitos de Bárbara como quem despreza ou humilha.

Tom e Clara também se incomodavam com aquelas disputas entre os aparentemente preferidos. Eu me beneficiava, escondido na timidez e meio sem entender como lidaria com tantas estrelas ao meu redor. Deixava o teclado ocultar boa parte dos passinhos de dança que eu não conseguia desenvolver.

O negócio era tão exaustivamente profissional que criaram até perfis com nossos novos nomes. Virei @theosweet. Pediram (fomos proibidos, na verdade) que não publicássemos mais em nossos antigos perfis. "Seria melhor vocês eliminarem essas contas antigas, tudo coisa inútil, com duas ou três curtidas que devem ser dos pais ou dos irmãos de vocês", foi o que Amélia fez questão de dizer. Amélia era o nome da gerente de relações públicas, e tinha sido com ela o meu quase confronto quando, perdido no corredor da produtora, eu me deparei com a sala de reunião e aquelas caixas enormes com camisetas que levavam o logo da banda antes do resultado da "votação do público". Tinha a impressão de que ela me vigiava, mas eu era muito bom em me fazer de tonto.

Dois estagiários escreviam os nossos textos para toda e qualquer que fosse a postagem. Os posts eram impulsionados pela produtora. Só sei que, em uma semana, já tínhamos batido 1 milhão de seguidores cada um. O número não parava de aumentar. Estávamos deslumbrados. Tudo acontecia numa velocidade alucinante. E olha que o trabalho estava apenas começando.

    Eu me recusei a apagar o perfil anterior. Só troquei de nome e retirei as fotos em que aparecia meu rosto, seguindo as recomendações do chefe de segurança, Sandro Portela, um armário de homem que devia dormir com um olho só fechado. Durante um tempo, continuei verificando minhas mensagens, conversando com o pessoal da antiga escola e amigos da vila onde cresci, que eu já não via com frequência. Com a agenda cada vez mais insana, algumas dessas pessoas se chatearam com minha ausência. Comentavam que eu tinha ficado metido. Logo eu, o mais desencanado do rolê nos camarins.

    Assim como os outros integrantes, meus estudos seguiriam com a ajuda de tutores e os testes seriam todos virtuais. Apesar do cansaço, eu estudava em toda hora livre que tinha. Matemática não era problema, nem física. Eu derrapava em química. Foi Clara quem me ajudou a memorizar as paradinhas da tabela periódica. Ela era ótima nas fórmulas, eu podia apostar que se tornaria química ou farmacêutica.

    Tom era o pai da biologia, principalmente para esmiuçar genética, mas mandava bem no papo dos reinos, filos e todas aquelas classificações que levavam a gente a ter mais respeito por nossos cães e gatos, já que na árvore genealógica dos bichos as feras estavam no topo da cadeia alimentar. Eu gostava de conversar com ele sobre o assunto.

    Muitos papos sobre literatura nos ajudaram a melhorar não só as notas nas provas, como nosso desempenho como artistas. Começamos a reparar uns nos outros, competindo para saber quem tinha mais vocabulário na hora das entrevistas, embora os estagiários de Amélia ficassem de prontidão com roteiros e olhos vidrados em cada palavra que saísse de nossas bocas. Cheguei a ver entrevistas minhas que não foram dadas por mim. Bárbara e eu dividíamos os livros e os comentários. Ela lia, anotava e enchia as páginas de bilhetes, além de trechos de canções, e me surpreendia com presentinhos inusitados relacionados com a história. Foi por causa dela que li Clarice Lispector comendo uma pratada de omelete. Sim, eram esses os mimos de Bárbara. Ela pedia para a cozinha do hotel comidinhas que conversavam com os textos. Os poemas de Mário Quintana, por exemplo, foram acompanhados de um quindim e uma xícara de café. O doce eu comi inteiro, para desespero da nutricionista, que vigiava cada caloria em nossos pratos. Bárbara era transgressora, mas eu não ficava atrás nas guloseimas. Ela se apaixonou por Lima Barreto, lembrava de me agradecer toda vez que recordava um conto do meu escritor favorito, e eu fui me apaixonando por Báh a cada garfada, a cada parágrafo, cada vez mais.

    Considerando que a demanda era pesada para o nosso lado, entre ensaios, gravações, sessões de fotografias e tantas coisas mais, foi bem-aceito pela equipe de produção que estudássemos juntos: em dupla, em trio, fosse como fosse. Eu e Báh fizemos uma dupla fixa, por causa de interesses em comum. Mentira. Meu interesse era pela própria Bárbara, e, por sorte, muita sorte mesmo, o interesse dela era por mim.

capítulo 11

Por debai da po

A caminho da universidade, certa vez, resolvi fazer um desvio gigantesco para passar em frente à casa de Bárbara. Era um sobrado pintado de amarelo, janelas azuis, o portão branco baixinho acompanhado pela cerca viva do jardim. Bárbara me contou sobre o balanço na parte de trás da casa e de como ela se divertia, imaginando ser pássaro, fada, heroína dos pés de vento.

As cortinas estavam fechadas. Nos meus sonhos mais delirantes, ficava imaginando que ela poderia aparecer na janela a qualquer momento, acenando para mim e me convidando para entrar.

Reparei que havia uma placa de "Vende-se" no portão. Era como se, naquela placa, estivesse escrita a condenação de que eu nunca mais a veria. Fiquei alguns minutos diante da placa, sem reação. Meu coração misturava sentimentos conflitantes, uma raiva de não conseguir lidar com a frustração de não saber por onde ela andava e com quem. Como a rua estava vazia, sem carros e sem pedestres, eu tirei uma caneta da mochila e escrevi embaixo do "Vende-se": "um amor não vivido".

Ela poderia interpretar aquilo como quisesse, e embora eu me importasse, naquele momento nada fazia sentido além da minha revolta.

    Quando guardei a caneta, eu ouvi o barulho da porta lateral. Fiquei com medo de que alguém tivesse me visto escrevendo na placa. Podia ser um corretor ou algum parente de Bárbara cuidando da casa, imaginei. Seria obrigado a pagar por uma placa nova e ainda ouviria um sermão. Minha reação foi atravessar a rua em altíssima velocidade e procurar guarida atrás de uma árvore. Fiquei espiando de canto de olho e tomei um susto com o que vi a seguir. Clara saiu da casa de Bárbara. Fechou o portão lateral, pulou a mureta da frente e partiu, caminhando na mesma direção por onde eu tinha vindo. Estava tão apressada que nem me viu ali.

    Embora eu estivesse há algum tempo sem ver Clara, não tive a menor dúvida de que era ela. O que Clara fazia ali? Por que ela estaria à procura de Bárbara? Estaria armando algum plano de vingança?

    Nunca levei jeito para detetive, investigador, espião, essas coisas, mas achei que poderia entrar também pelo portão lateral e descobrir o que Clara fazia lá dentro. Bem provável que ela tivesse deixado alguma pista. Primeiro eu me certifiquei de que ela já estava bem longe. Não havia também nenhum sinal de vizinhos. Pulei o murinho e entrei determinado, sem olhar para trás, pelo portão de ferro. Estranho estar aberto. Deve ter sido deixado assim por algum corretor distraído. Vi vasos com plantas secas, uma vassoura jogada no chão sobre as folhas que despencavam de uma árvore do terreno ao lado. Ligando a casa ao que seria uma lavanderia, havia a porta de entrada. Mexi na maçaneta. Fechada. Tentei forçá-la um pouco e nada. Clara deve ter feito o mesmo que eu. Chegou até ali e depois deu meia-volta, calculei.

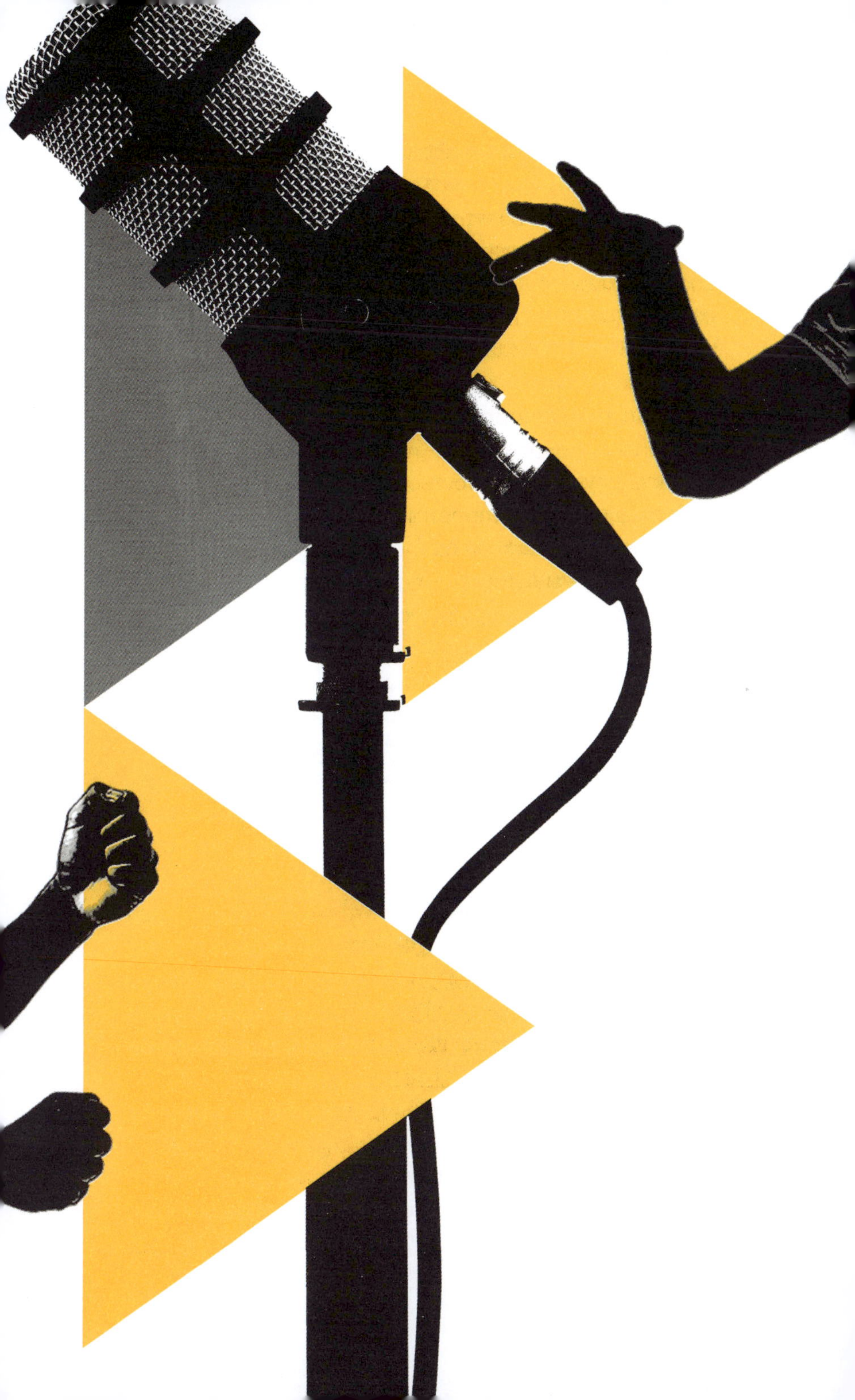

Foi então que meu celular caiu sem querer do bolso. Abaixei-me para pegar e, ao olhar pelo desvão entre o piso e a porta, vi a pontinha de um envelope. Poderia ser o boleto de uma conta ou mesmo propaganda de um delivery do bairro. Comecei a puxá-lo. Depois de alguns movimentos precisos, eu consegui tirá-lo dali e vi que ele era destinado a Bárbara. Reconheci a letra de Clara. Ela tinha ido até a casa para deixar a carta, que estava muito bem lacrada. Enfiei o envelope na mochila e fui embora antes que alguém aparecesse.

Sabia que minha atitude não era certa, mas precisava entender o que estava acontecendo, e aquele envelope poderia me ajudar a encontrar Bárbara.

Fui me afastando da casa com os batimentos cardíacos alterados. Faltava ar nos meus pulmões e um desespero percorria meu corpo, amolecendo minhas pernas de tal forma que tive que me sentar na calçada por alguns instantes. "Respira, Theo, respira", era o que minha mãe me dizia quando a ansiedade me petrificava.

Com a cabeça entre os joelhos, respirei até me sentir confiante o bastante para me levantar. Uma menina de bicicleta se aproximou. Ela devia ter uns quatro ou cinco anos. Vinha seguida de uma jovem que poderia ser sua irmã mais velha, quem sabe sua mãe.

– Você desmaiou? – a pequena me perguntou.

– Não, eu só me sentei para descansar um pouco – respondi, enquanto espantava as folhas e a poeira grudadas nas minhas calças.

A jovem que acompanhava a criança se aproximou de mim e ofereceu uma garrafa de água. Agradeci.

– Você está bem? De verdade? Podemos te ajudar de alguma forma, Theo?

– Você me conhece? – tomei um susto.

– Claro que conheço, eu e mais milhões de pessoas, não? – ela sorriu.

Eu retribuí o sorriso, meio tímido de ser reconhecido justamente depois de cometer um crime, roubando a correspondência de Bárbara.

– Agradeço sua preocupação, mas estou bem. Um ótimo passeio para vocês duas.

A menina com a bicicleta já ia longe e a moça se ocupou em correr atrás dela. Eu tinha sido visto e reconhecido na rua de Bárbara. Isso não me parecia bom, nem me tranquilizava o fato de aquele envelope esperar por mim com revelações que talvez eu não estivesse pronto para saber.

capítulo 12

Uma entre bomb

No final de semana seguinte à desistência de Bárbara, o canal *Show & Glamour* anunciou uma entrevista exclusiva e bombástica com Bárbara e "os verdadeiros motivos de sua saída da banda Sweet". A direção da Luna entrou em pânico.

A entrevista teve quase cinquenta minutos de duração. A apresentadora do canal contou um pouco da vida de Bárbara antes da fama. Também falou do surgimento da banda – eu me vi ali numa imagem ao lado dela no palco – e dos números que comprovavam que éramos o maior sucesso jovem do momento. Mantendo suspense, a apresentadora apareceu em cena e perguntou: "Por que uma jovem de dezesseis anos, no auge do estrelato, com milhões de fãs, dinheiro e muita fama, largaria tudo isso da noite para o dia?". Aí, finalmente, Bárbara apareceu na tela. Ela estava sentada num sofá, com sua cachorrinha, Cacau, no colo, ladeada pelo pai e pela mãe. Pálida, olhos fundos, aparência péssima. Doeu o coração vê-la daquele jeito. Ela falava baixo, os olhos mirando as mãos. Não lembrava em nada aquela *superpopstar*.

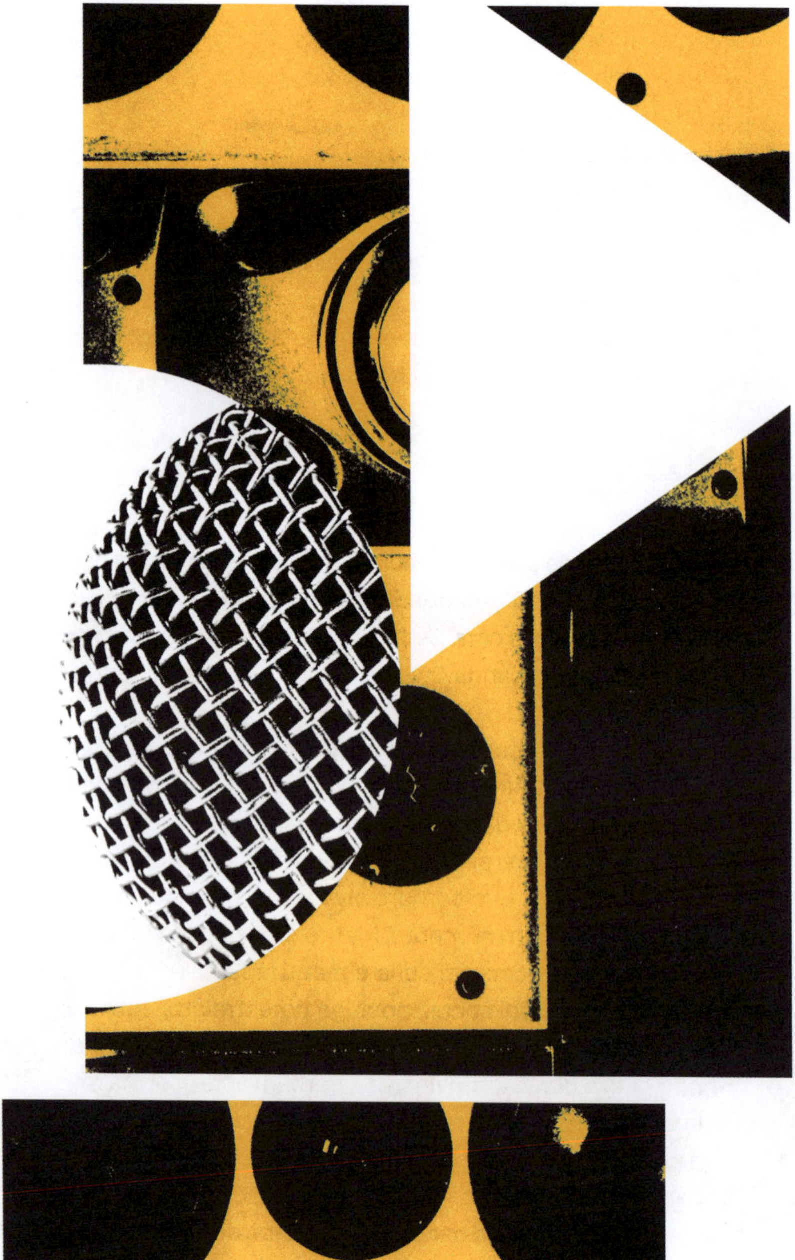

– Eu não tive escolha. Morreria se continuasse a sustentar uma carreira inventada, cheia de mentiras.

Não consegui saber se foi obra de edição ou se Bárbara tinha centrado mesmo a artilharia nos problemas que enfrentávamos no dia a dia. Começou falando de assédio moral (sem citar nomes), do excesso de trabalho, dos sacrifícios para continuar estudando com tutores, sem poder ver os amigos da escola.

– Pelo jeito, foram muitos fatores que fizeram você desistir – provocou a apresentadora.

– Eu não quis desistir de mim. Eles me entupiam de remédios, eu nem sabia. Tinha a impressão de que colocavam coisas na minha comida, não posso provar tudo tão facilmente, mas perdi o apetite. Implicavam com o meu peso desde o começo.

– É verdade que tudo o que vocês postavam nas redes sociais era controlado pela equipe de produção da banda?

– Nossos fãs vão se sentir traídos, eu sei, devem estar todos muito decepcionados comigo por eu ter jogado fora a oportunidade, mas eles controlavam tudo nas nossas vidas, nem com minha mãe eu podia falar direito.

Em determinado momento da entrevista, a mãe de Bárbara relatou que a filha adolescente sempre foi uma pessoa expansiva, alegre, sorridente – e, nos últimos meses, nas poucas vezes que a viu, ela parecia um fantasma. Foi então que Bárbara falou sobre sua saúde mental e como isso vinha mexendo com tantos jovens que ela conhecia. Insinuou "episódios de pânico e ansiedade vividos por cada um de nós, cercados de pressão nos camarins, minutos antes de entrar no palco". Relatou que não foram somente as violências psicológicas que faziam parte dessa rotina insana.

A apresentadora bem que tentou extrair mais. Mas o pai encerrou o assunto, avisando que estavam bem assessorados juridicamente e que não poderiam dizer mais nada sobre o que aconteceu, ao menos naquele momento. A entrevista foi um estrondo de compartilhamentos. Trechos circulavam freneticamente nas redes e todos – fãs e jornalistas – ficaram atônitos. No nosso grupo, houve um misto de solidariedade e medo de assumir a responsabilidade de deixar os filhos nas mãos da produtora. Minha mãe e meu pai me questionaram, e eu confessei que deixei de contar muita coisa, parte para evitar preocupações, parte por pensar que a pressão fazia parte do show.

Chamei aquele domingo de Dia do Cancelamento Final. A Sweet passou a ser cancelada nas redes sociais na mesma velocidade em que havia bombado meses antes. Shows – a maioria deles com ingressos já esgotados – foram desmarcados sem maiores explicações. Fomos levados para um sítio a duas horas de viagem de São Paulo. A ideia era que ficássemos escondidos, fora do alcance do noticiário, até que a poeira baixasse. Só que a poeira nunca baixou de verdade – e a nossa banda começava, isso sim, a desmoronar.

Eu fui o primeiro a me encher daquele isolamento e resolvi furar o esquema da produtora. Liguei para minha casa e pedi que me buscassem. Meus pais não estavam tão perto, demorariam algumas horas na estrada, mas os velhos eram entusiasmados o suficiente para largar tudo e vir correndo. No começo da madrugada, os faróis do carro iluminaram o portão. Eu estava de prontidão.

Enquanto Sandro, nosso segurança, perguntava para o meu pai o que ele fazia ali, eu pulava a cerca e abraçava com força minha mãe.

– Cansei disso aqui, pai. Já deu! Quero voltar agora com vocês, mãe – não queria chorar, mas o choro despencou.

– Theo, volta pra dentro, cara, isso vai sujar pra mim.

– Sinto muito, Sandro, você é demais, nunca vou me esquecer disso. Mas eu não vou entrar. Corre lá, acorda a produção, diz que meus pais chegaram aqui e que eu estou indo embora. Quando a banda voltar a se reunir, podem me chamar que eu me reapresento.

Meu pai me abraçou com força, falou que estava orgulhoso de mim e que nada poderia mudar isso. Nunca.

Minha mãe, cuidadosa como era, nem esperou eu me sentar no carro para perguntar se eu tinha fome, porque sandubas com numerosas fatias de queijo, do jeito que eu gostava, esperavam por mim na bolsa térmica que estava no banco de trás. E fomos os três "direto pra roça", como era costume descrever nossa casinha na serra, cercada de árvores, protegida também dos holofotes.

Combinamos de conversar no tempo certo. Tinha várias perguntas sobre meus amigos, nossos cães, nossos experimentos musicais, a vida que eu havia deixado para trás e que me fazia tanta falta. Minha mãe me atualizou sobre a turma da escola e me alertou que eu precisaria ter um pouco de paciência e cuidado com eles, já que eu não respondia com frequência às suas mensagens.

– Os amigos de verdade ficam, filho – disse meu pai.

– É isso. Quero viver de verdade.

A desilusão com a banda teve um gosto bom naquelas horas em que seguíamos juntos para casa. Eu podia contar com eles. E o resto, bem, o resto não estava em minhas mãos decidir.

capítulo 13

Bala
de a

Achei que nunca mais tocaria para uma plateia até o dia em que Zeca, um cara bem bacana da universidade, me convidou para acompanhar o ensaio de sua banda, que ainda não tinha nome. Fui um dia e depois outro e mais outro. Quando vi, *puft*! Já era o tecladista deles. Fazia quase um ano que eu tinha deixado a Sweet. À medida que os ensaios avançavam, achávamos que era hora de batizar o grupo. Decidimos homenagear São Francisco de Assis, afinal todos nós éramos apadrinhados pelo protetor dos animais no curso de medicina veterinária. Ríamos muito com as ideias que iam surgindo: Chiquinhos; Assis e Seus Franciscos; Enteados de Francisco; Bicho Xico; entre tantos outros. Acabou ganhando um mais clássico: Seo Chico.

A atmosfera era de diversão. Nosso compromisso? Fazer música do jeito que gostávamos, mais nada.

Em pouco tempo, comecei a me sentir completamente à vontade para compor algumas letras e melodias. No meio daquela turma, eu era uma pessoa absolutamente comum, embora já tivesse vivido tanta coisa.

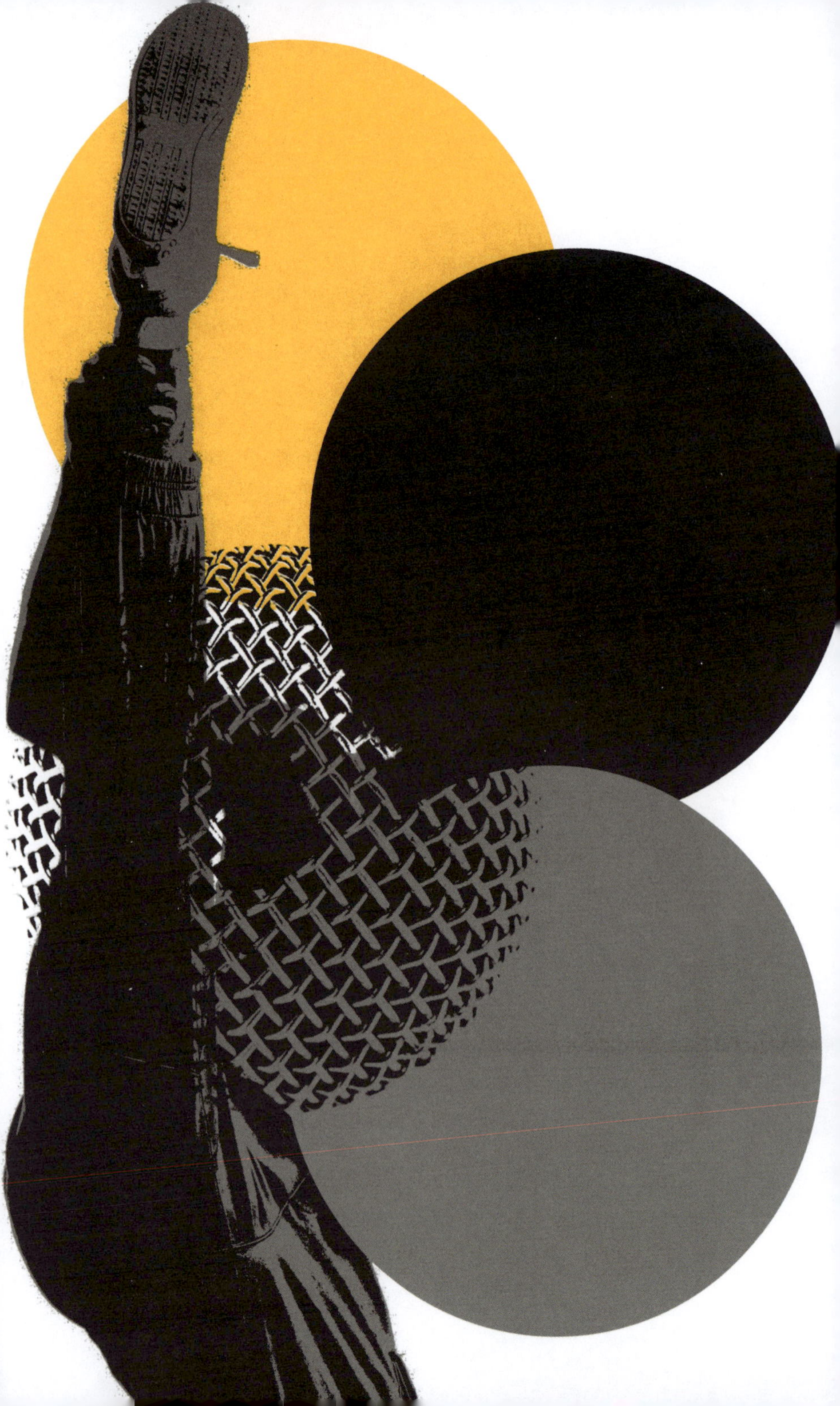

Zeca, o mais velho do grupo, estava no último semestre de medicina veterinária. Pretendia seguir os passos da mãe, uma especialista em grandes felinos, daquelas que se deixam fotografar ao lado de leões e tigres como se fossem gatinhos. Era o baixista dos sonhos, conhecia música a fundo, já que seu pai – incrível nas cordas – tinha ensinado tudo para ele. Os trigêmeos Paulão, Cacá e Dozito compartilhavam a paixão pelos bichos, as boas notas e um revezamento que parecia natural nas guitarras, violões, viola caipira, bateria e percussão. O trio trazia para a banda a influência do avô, Nonô Pandeiro, um requisitado percussionista, que colecionava histórias incríveis tocando com gente bamba, como ele mesmo contava.

Eu ainda era calouro, cursava o primeiro ano, depois de uma longa saga na música, que me deixou com certa aversão ao profissionalismo no piano – para desconforto da minha mãe, o que a entrada na Seo Chico tratou de aplacar.

Passávamos as tardes tocando numa edícula da casa dos trigêmeos. Eles eram os únicos da universidade que moravam na cidade. Eu e Zeca vivíamos em repúblicas vizinhas, ali por perto do campus de veterinária. No mesmo prédio de Zeca, havia uma garota chamada Tiê. Super gente boa. Tivemos uma amizade instantânea. Ela gostava muito dos meninos também e, por isso, visitava os ensaios.

Durante algumas semanas, eu pensei em me aproximar de Tiê para tentar superar a falta que eu sentia de Bárbara. Zeca incentivou o lance. Achava boa ideia eu namorar a irmã do carinha que ele estava de olho há um tempão. No final das contas, eu abri o jogo com Tiê, falei que era apaixonado por Báh. Ela também me contou que estava apaixonada por uma pessoa que nem sabia da existência dela. Acabou que nos tornamos amigos, e nessa fizemos o trabalho de cupidos, juntando Zeca e Sérgio.

Sérgio era mais velho do que Tiê, tinha a mesma idade de Zeca, e estudava arquitetura e urbanismo. Era um sujeito superbondoso, e foi ele quem criou o logo lindo para nossa banda, misturando animálias e tropicálias – era assim que ele descrevia o conceito do desenho.

Um dia, Zeca chegou para o nosso ensaio com uns versos apaixonados e uma vontade imensa de fazer uma canção para o namorado. Todo mundo tentou ajudar, sugerindo letra, aprimorando a melodia. No final, a balada de amor se tornava nossa primeira gravação juntos:

Eu só queria o direito
De te amar sem preconceito
Passear de mãos dadas pela rua

Ouça aqui
Instamor

Batizamos de *Instamor*. A música ganhou uma melodia belíssima no piano com uma bateria vibrante, e eu me senti, finalmente, destravado para colocar a alegria naquelas teclas que faziam parte da minha vida.

Dozito teve a ideia de fazer uma transmissão ao vivo no perfil dele. Usou um tripé remendado com fita adesiva em cima da mesa para encaixar o celular com a tela partida ao meio. Ligou a parafernália na superprodução profissional. Cacá no baixo; Paulão no solo de bateria que ele tinha inventado há meses e que encaixava direitinho depois do refrão. Cantamos a música como se fosse o maior dos palcos, adrenalina total, e Zeca transbordou de uma emoção genuína que comoveu a todos nós. Rolava aquele clima bom, e a gente meio sem dar bola, porque ninguém ia ver aquilo na internet, afinal.

Encerramos o vídeo quando o tripé desmontou de vez.

– Poxa, tava novo esse tripé, né, Zeca? – cutuquei.

– Mais novo do que o celular, mano – respondeu Dozito.

– Velho, precisamos ficar famosos, faturar muitos cachês pra comprar um melhorzinho – disse Cacá.

– Vamos ficar tão famosos com esse vídeo que eu vou comprar uns cinco drones para gravar a nossa música lá do alto.

Dozito mal terminou a frase, Zeca caiu na gargalhada. E nos abraçamos, um sentimento de irmandade nos unia na música. Quem diria: cinco futuros médicos-veterinários estavam performando uma canção romântica e rindo do improviso da gravação. Sonhávamos em alcançar nosso primeiro milhão de visualizações. Já tínhamos 123 curtidas. Mas amávamos tudo aquilo. Eu estava feliz e agora tinha certeza disso. Pena que ainda faltava algo para a felicidade ser completa. Esse algo tinha nome, sobrenome e endereço desconhecido.

Uma coisinha antes do capítulo 14

Fãs apaixonadas

O nome da banda foi finalmente revelado para o público: Sweet ganhou a "votação popular" (pura armação). O departamento de marketing da produtora era poderoso. Eu confirmava minha suspeita a cada camiseta, blusão, boné, bóton e mochila que via circular com aquele logo criado bem antes do resultado do concurso.

Foram exaustivos os ensaios para o esperado dia da estreia, num estádio em Porto Alegre. Diziam que os gaúchos formavam o público mais exigente do país. Se conseguíssemos agradá-los, estouraríamos no Brasil inteiro. Seis adolescentes diante de uns 10 mil espectadores. Era nossa prova de fogo. Um mar de gente com celulares apontados em nossa direção. Presentes atirados ao palco. Eu logo vi uma faixa estendida em minha homenagem por duas meninas bem na frente: "Te amo, Theo!". Só sei que tudo aquilo foi loucura. E aquela profecia sobre os gaúchos funcionou. Pelo menos por um curto espaço de tempo.

capítulo 14

Ingresso esgotado antes da primeira

sos dos do o show

Depois de apenas dois meses, a banda já era uma sensação comercial. Não sei dizer quantas mil camisetas foram vendidas nas primeiras 48 horas no recém-lançado site oficial. Os ingressos para os shows se esgotavam em vinte minutos, meia hora. Apresentações extras começaram a ser programadas. Havia uma agenda lotada para subirmos em palcos espalhados por todas as capitais brasileiras e turnês internacionais programadas, sem contar as publis e as participações em programas que pintassem. Tudo isso e pronto! A vida de ponta-cabeça. Movimentávamos uma dinheirama que não tínhamos ideia. No fundo, éramos tratados como galinhas dos ovos de ouro. Todos os números envolvendo a banda eram grandiosos. Bem, quase todos. Ganhávamos um fixo de três salários mínimos, mais um cachê de 1,5 mil reais por show (meia dúzia de ingressos no pior lugar da arquibancada já pagavam a nossa parte, e os estádios costumavam receber 10 mil, 20 mil pagantes), além de uma pequena participação de direitos de imagem. Por causa da quantidade de shows, o valor no final do mês era bem interessante. Em um mês de trabalho, minha renda era três vezes maior que a do meu pai, que ralou trinta anos na carreira de músico.

Esse valor ainda ficava melhor quando assinávamos contratos para fazer posts patrocinados nas redes sociais. Faturávamos 5 mil, às vezes 7 mil reais por um vídeo de um minuto. Na maioria dos casos, nem era preciso falar nada. Bastava aparecer com o produto na mão e fazer caras e bocas. Ficava imaginando quanto a produtora embolsava em cada uma dessas campanhas. Cheguei a contracenar com artistas, cantores e influenciadores poderosos. De repente, eu passei a ser seguido por pessoas que eram apenas meus ídolos até outro dia. Alok comentou uma foto minha. Larissa Manoela me chamou para o lançamento de um filme estrelado por ela. Casimiro fez um *react* com um de nossos clipes. O mais incrível foi o Richarlison copiando uma coreografia nossa ao fazer um gol. E ele nos marcou. Estávamos começando a ficar conhecidos ao redor do mundo.

Bom, só faltava eu subir no palco para tocar piano com a Lady Gaga (eu ria sozinho desse e de outros devaneios, mas, com os números de *trends* que tínhamos, bem que seria possível).

※※※

Todas as segundas-feiras recebíamos uma espécie de programação da semana. Nas primeiras, tínhamos shows basicamente às sextas, sábados e domingos. Fazíamos apresentações em rodeios, festas, exposições de pecuária, tudo. Aos poucos, a agenda também começou a incluir shows às quartas e quintas. Os ensaios entremeavam essa loucura de horários, quase sem tempo para descansar, e os estudos, então, ficaram confinados ao que sobrasse de horário naquela agenda – o que para alguns de nós era um alívio, para outros, uma preocupação.

O responsável pela agenda e pela venda de nosso trabalho era o Cotonete. Na verdade, o nome dele era Plácido, mas nós o apelidamos de Cotonete por ser muito magro e ter uma cabeleira branca. Ele acolhia a brincadeira, incentivando nossa alegria. Adorávamos dar apelidos para o pessoal da produção. Coisa de moleque. Eu, Henrique e Tom éramos bons nisso.

Julieta e Bárbara riam muito, mas não entravam na zoeira. Clara torcia o nariz, dizia que era falta de respeito e que sua educação não permitia aquela intimidade toda com os mais velhos. Ainda não nos conhecíamos bem, cada um de nós vinha de uma família diferente, com valores próprios e crenças pessoais. Era preciso ter cuidado com as relações para não desandar o grupo, eu intuía.

Tom conferia no computador uma planilha cada vez mais cheia de nomes de cidades e estados, testava nossos conhecimentos em geografia como parte do bom desempenho de um artista. "Temos que conhecer nosso público, de onde nos escrevem, o que rola por lá", ele aconselhava, e não escapava de uma zoeira de Henrique, que o apelidou de Coach.

Apenas no primeiro mês da banda viajamos em voos comerciais. Depois disso, a produtora começou a alugar pequenos aviões para os deslocamentos por causa do assédio dos fãs e, principalmente, porque Cotonete passou a vender shows na mesma noite em cidades diferentes, em estados diferentes, um dia depois do outro. Chegamos a fazer cinco shows num único fim de semana. Tínhamos duas bandas e duas equipes de palco, iluminação e som. Enquanto um show acontecia, a outra equipe já ia na frente de ônibus e caminhão para adiantar a montagem. Teve uma hora que não cantávamos mais ao vivo. Era tudo *playback*. O público nem percebia. Nossa adrenalina ia a mil. Quem disse que conseguíamos dormir depois? Eu ficava pilhado. Um cara da produção me ofereceu um indutor de sono. Era um remedinho para pegar no sono mais depressa. Um falou para o outro, e todos experimentamos. Sempre que precisava, era só pedir uma "balinha" que a produção providenciava o remédio. Esse sujeito ficou conhecido como Tic Tac.

***

Tudo era novo, tudo tinha iluminação carregada e som no último volume, tudo era lindo, estávamos vivendo um sonho. Quando chegava o dia de pagamento, eu ficava exultante. Nunca imaginei que teria tanto dinheiro disponível. Bastaria completar os dezoito anos para colocar a mão nele. Lembro de ter pedido para o meu pai um celular ultramoderno com o primeiro salário, e ele ficou possesso por causa daquela "mania de consumo desnecessária". Ele me lembrou da forma como encarávamos esse tipo de coisa em família, além de reforçar que a grana era legal se fosse servir para um futuro de estudos com tranquilidade. No meio daquela pequena discussão, eu expliquei para o meu pai que eu ganharia dinheiro suficiente para comprar uma faculdade, uma universidade, o que eu quisesse. Meu pai não entendeu meu senso de humor, ao contrário, ficou dois dias sem falar comigo. Sorte que minha mãe era a voz da sabedoria, acalmava os ânimos. Ela não ligava a mínima para o papo do dinheiro, e suas considerações me fizeram refletir e procurar meu pai para o pedido de desculpas. "É só grana, filho, e grana nunca mandou na gente, mandou?" – por um breve segundo eu pensei que eles estavam com um pouco de inveja do sucesso que eu tinha alcançado, sei lá. Eu me senti um pouco dono do mundo. As pessoas faziam fila, acampavam na porta de estádios, tomavam sol, tomavam chuva e esperavam horas para me ver.

Uma coisinha antes do capítulo 15

Identidade, por favor!

Numa viagem a João Pessoa, eu e Henrique fomos abordados por um rapaz no elevador do hotel. Tínhamos descido para a academia e estávamos voltando para os quartos.

– Gosto muito das músicas de vocês. Sou fã da Suéter...

Eu e Henrique nos olhamos instintivamente e não conseguimos segurar a gargalhada. Trocar Sweet por Suéter foi hilário. O rapaz ficou sem entender do que estávamos rindo. Henrique ainda emendou:

– Com o calor que faz aqui nessa sua cidade, ser fã do Suéter não deve ser para os fracos.

O elevador nos despejou em nosso andar e saímos ainda tirando sarro do nosso fã, que só quis fazer um gesto de carinho. No banho, eu me arrependi das gargalhadas. Bateu uma *bad*. Nunca foi um problema para mim falar inglês. Meus pais eram fluentes, eu falava com eles, era minha segunda língua. Quantos jovens tinham as mesmas chances que eu? A cultura pop abusava mesmo de nomes e expressões em inglês, cada vez mais distantes de nossa cultura. Tinha fã, sim, que mexia a boca, dizia qualquer coisa parecida, tentando cantar uma letra que não entendia. Eles curtiam a gente de verdade. E eu? Será que eu estava curtindo aquela versão de mim mesmo, uma pessoa capaz de se impor por causa da fama?

capítulo 15

Os pi
def
de u
pe

"Como será que a gente faz para esquecer uma paixão?" Digitei isso no site de busca meio de zoeira e veio um monte de coisa. Tinha "como esquecer uma paixão impossível", "como esquecer uma paixão antiga", "como esquecer uma paixão não correspondida", "como esquecer uma paixão e dar a volta por cima". Foi nessa última que eu resolvi entrar e ler. A dica número três dizia: "Concentre-se nos piores defeitos da pessoa. Concentre-se em todas as partes ruins, como o senso de moda bizarro ou a capacidade de ser indiferente às pessoas".

Começamos mal, Senhor Buscador. Bárbara não é nada disso. Ela é do tipo que sabe conversar e dar atenção a todos (eu, que nunca consegui puxar conversa com ninguém, invejava isso nela). Ela, especialista em detalhes, logo saca a melhor maneira de deixar o ambiente leve, sem contar que seu carisma acolhedor é sensacional para fazer com que a gente se sinta realmente especial. Se ela tinha algum defeito, eu não consegui descobrir a tempo.

Na verdade, durante a nossa convivência, só vi a Báh fora do eixo uma única vez. Fui o primeiro a ler a letra de uma música que ela fez numa tarde em que esperávamos pelo show em Fortaleza, no Ceará. Os versos eram baseados nos poemas da indiana Rupi Kaur. Sugeri a troca de duas ou três palavras, mas achei a letra bem bacana. Nem imaginava esse talento de Báh.

Não posso revelar
Todos os meus segredos
Você sabe bem
Você também guarda seus medos
Não posso revelar
Todos os meus segredos
Você sabe muito bem

Ouça aqui
Rupi

    Não era segredo que não curtíamos as músicas que cantávamos da Sweet, dançando aqueles passinhos ensaiados de robôs idênticos. Tínhamos formações musicais totalmente diferentes. Diria que Clara era mais tolerante do que o restante do grupo. Ela amava a cultura japonesa e coreana, fazia *cosplay*, assistia a *tokusatsus*, lia mangás, sabia tudo sobre as bandas, inclusive os nomes de seus integrantes, acompanhava *fanfics*. Então acabava sendo menos crítica ao gênero candy-pop também. Mas, sobre o repertório da banda, concordávamos em uníssono: as letras e as melodias que faziam a gente gravar eram pobres e descartáveis. Com prazo de validade bastante curto, eu diria. Por isso, o jeito era colocar o pé na realidade. Se nunca seríamos os Beatles, ao menos que aquela experiência servisse de trampolim para algo melhor depois, uma carreira musical que tivesse nossa identidade.

    Talvez Bárbara devesse ter esperado mais para mostrar seu talento como letrista, penso nisso agora. Mas, calma e adolescência não pareciam rimar nunca. Ansiedade era uma palavra que atormentava nossas cabeças. Adiantaria pedir para ir com calma naquele frenesi de agenda que a produtora impunha sem folga? Numa tarde em Fortaleza, ela resolveu mostrar a letra para José Roberto. Estávamos numa sala de reuniões do hotel, ainda finalizando o lanche que tomávamos antes de ir para o estádio, ouvindo as últimas instruções sobre a próxima campanha publicitária de uma marca de chocolate com nossas caras nos rótulos. Ela entregou sua caderneta aberta na página de *Rupi* na maior das boas intenções, ele leu em voz alta com um certo desdém.

– Quem é essa Rupi? – perguntou José Roberto.

– É uma poetisa feminista indiana – respondeu ela. – Os livros dela vendem muito.

– Feminista, é? Quem é que liga para livros? – riu.

Meu sangue começou a subir. Tentei disfarçar, olhando para os padrões geométricos do tapete, contei até dez...

– Ela escreveu *Outros jeitos de usar a boca*, primeiro lugar na lista dos livros mais vendidos há alguns anos – Bárbara sabia ser insistente e persuasiva. – Todo mundo conhece.

José Roberto deve ter se sentido desafiado. Seus olhos começaram a soltar faíscas.

– Tem gente que precisaria de outros jeitos de usar o cérebro, né? Pois use a sua boca para cantar as músicas que entregamos a vocês. Nossas músicas não falam de política, de religião, de movimentos a favor disso ou daquilo. Aprenda que nossas músicas são insípidas, inodoras e incolores. Água, minha linda, é necessária para viver e não faz mal a ninguém!

Arrancou a folha do caderno com raiva. Amassou a letra e atirou no cesto, encenando um arremesso de basquete. Mas errou. A bolinha de papel veio parar no meu pé, eu a apanhei sorrateiramente e a coloquei no bolso do blusão.

Bárbara ficou paralisada, em estado de choque. José Roberto enfiou a caderneta no bolso do blazer, num claro gesto de confisco, e continuou falando:

— Você faz parte de uma banda de candy-pop. Não é e nunca será a Marisa Monte! Se é isso que quer, melhor procurar outro caminho assim que o contrato conosco terminar. Aliás, nenhum dos seis está aqui para escrever letras de canções. Temos os maiores especialistas em produzir sucessos no nosso time. Gente capaz de verdade, garota. Vá lá pro camarim, fique bonitinha para as fotos.

E continuou metralhando Bárbara, que foi ficando ruborizada:

— Tem milhares de garotas aí fora que gostariam de estar no seu lugar. Faça apenas o seu trabalho. Não te pagamos para ter ideias. Quando estiver velha, você pode compor musiquinhas para seus netos ou para seus colegas de asilo. A vantagem, meu bem, é que você vai conseguir passar essa velhice morando bem, com uma gorda poupança. Tudo graças ao papaizinho aqui.

Ele se dirigiu a todos os outros, inclusive ao pessoal da produção que entrava na sala, apontando o relógio para que seguíssemos os preparativos para os compromissos daquele fim de tarde e noite.

— Não quero ninguém desviando o foco do trabalho. Já basta essa bobagem de querer estudar como se fossem adolescentes comuns, não é, Theo? Esse aí – dizia, apontando para mim – vive com os cadernos pra lá e pra cá. Tudo indica que pretende fazer faculdade para ganhar um salário de miséria no futuro. Santa paciência, viu! Sejam obedientes e vão se dar bem. Façam algo para me desagradar e voltam para a sarjeta.

Antes de nós, José Roberto se levantou, deu as costas e saiu. Ficamos um tempo olhando um para a cara do outro totalmente em silêncio.

– Que cafajeste! – disse Bárbara, rompendo o silêncio.
– Não é à toa que está no quinto casamento. Que mulher consegue viver com um canalha, um idiota, um imbecil desses?
– Respira, temos compromissos e um público grande esperando. Não dá para entrar em cena bancando a justiceira, Bárbara. Esse seu ataque histérico prejudica a todos nós – disse Julieta, com raiva.
– Ataque histérico? Justo você, usando esse tipo de frase contra mim, Julieta? Ah, faça-me o favor.
– Por quê? Não posso? Agora você vai me dizer o que eu posso e o que eu não posso dizer?
– Parem de discutir, pelo amor de Deus! Vocês não percebem que nós precisamos estar bem no show? – pediu Clara, apertando o crucifixo pendurado na corrente do pescoço.
– Chega, gente. Vamos acalmar os ânimos. Se alguém aqui tem compromisso para cumprir, no caso vocês todos têm, está mais do que na hora de apagar o incêndio e seguir em frente – Amélia segurou a porta aberta e foi sinalizando o caminho da saída. Tom foi o primeiro, colocando os fones de ouvido.
– Bárbara, vamos, amiga – Clara pediu. – Vocês estão nervosas, estamos todos cansados. Não vamos nos estressar. Isso aqui é o sonho das nossas vidas, poxa...
– Isso, escuta a voz da razão – aconselhou Amélia.
Segurei na mão de Bárbara, apertei bem forte. Quando estávamos no corredor, sussurrei que a letra da música estava comigo.
– Quê? – ela estranhou.
– Ela tá aqui no meu bolso, e é linda – completei.
Ela ameaçou abrir um leve sorriso, mas estava arrasada. Era nítido. Foi a pior apresentação dela. E seus problemas com José Roberto, o poderoso chefão, só estavam começando.

capítulo 16

Azul da do ma

Quase um ano do fim da Sweet, quase um ano sem notícias de Bárbara, o que me restava era tentar imaginar o que poderia estar se passando na vida dela. Estaria estudando, compondo ou trabalhando numa outra área? Será que ela tinha namorado? Não conseguia crer que uma pessoa tão maravilhosa quanto ela ficaria sem um.

Nessas horas, quando o pensamento colocava Bárbara ao lado de outra pessoa, eu preferia resgatar alguns poucos momentos que vivemos juntos. Para a gravação do nosso segundo clipe, ficamos quatro dias em São Cristóvão e Névis, no Caribe. Ao ouvir o nome do país, Henrique perguntou se nevava muito por lá, e o diretor caiu na gargalhada. Durante aquela viagem, Henrique teve que aguentar ser chamado de Névis por todos da produção. Ele não tinha obrigação de saber, mas, no caso dele, era quase uma medida educativa aquele *bullying*. Henrique era o mais atrevido em matéria de importunar quem quer que fosse.

Eu nunca tinha ido ao Caribe, só imaginava algumas coisas por causa da série de filmes dos piratas. Aquele lugar era um paraíso. A primeira coisa que me veio à cabeça foi cantar o mar azul da música de Tim Maia. Longe do brilhantismo de Tim, a nossa semana foi gravar o novo clipe da banda com as melosas *Ondas de marshmallow*.

Tínhamos acabado de superar o que chamamos de "decisão por pênaltis"; repetir o mesmo sucesso viral de *Romeu & Julieta*. Havia o medo de ficarmos marcados como uma banda *"one hit wonder"*, ou banda de uma música só, como tantas que vieram antes. Era preciso romper essa barreira. As canções eram escritas pelas mesmas pessoas, os passos de dança também, mas não havia certeza de que tudo isso daria certo de novo. O raio cairia no mesmo lugar duas vezes? O que fazia uma canção ser mais especial que a outra? O sucesso não era uma ciência exata. Especialistas bolavam fórmulas para tentar reproduzir fenômenos musicais, mas elas nem sempre funcionavam.

Com a Sweet, a fórmula funcionou. O segundo *hit* bateu 10 milhões de *views* nas primeiras 24 horas, embora a letra fosse novamente um show de horror. Quando o clipe ficou pronto, valia a pena ver só pelo visual, isso sim. Sem contar que Bárbara aparecia vestida de branco, dançando, iluminada pela luz da lua.

O trabalho só acabou quando o sol começou a ir embora.

A água salgada ficou doce com você
Ah, ondas de marshmallow, deixa eu viver
A praia está deserta sem ninguém pra nos ver

Ouça aqui
Ondas de marshmallow

Sentia vergonha daquela repetição açucarada de ondas de... marshmallow? Aquele refrão com água salgada do mar

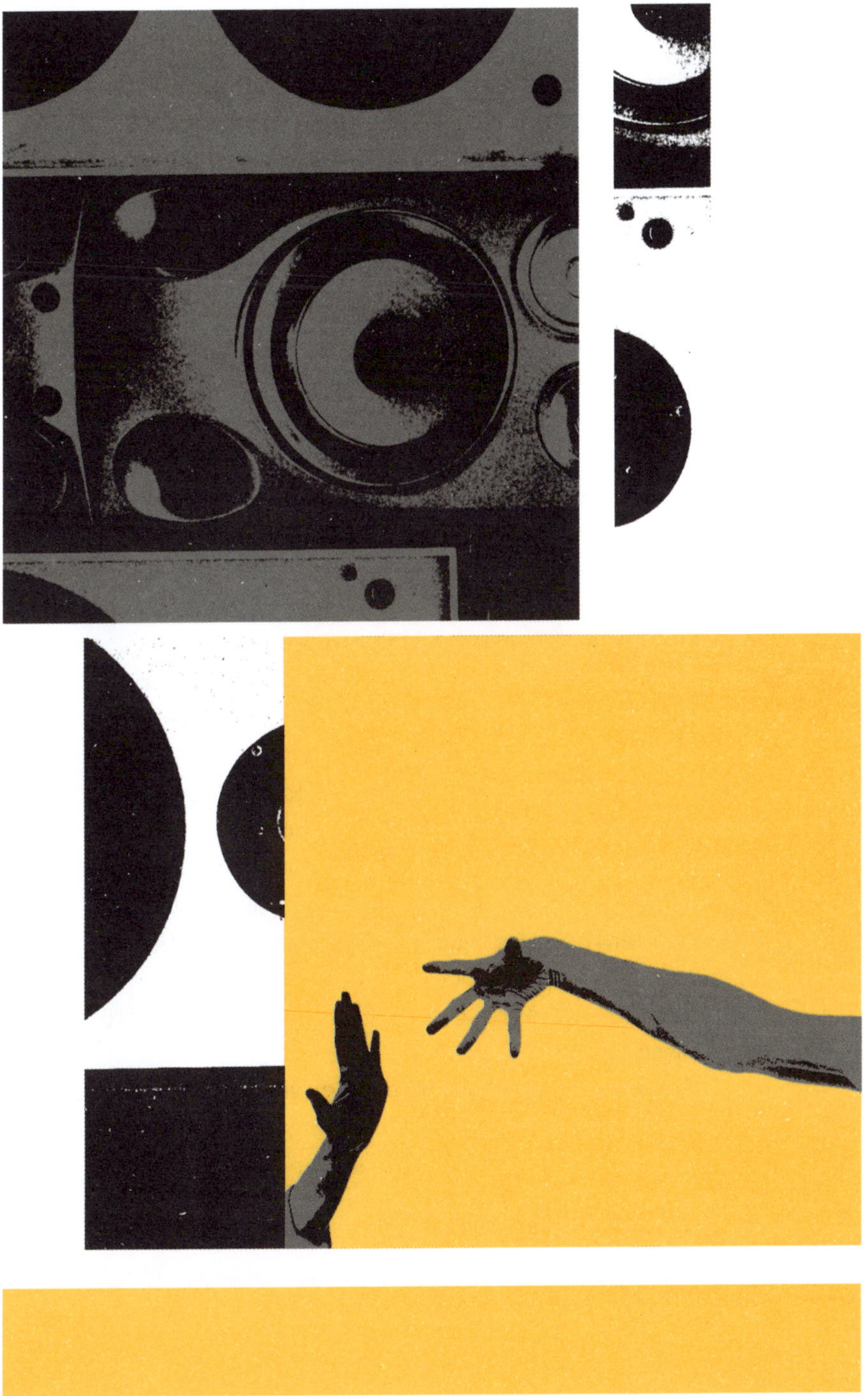

ficando doce... Sei lá o que se passava na cabeça de quem tinha essas ideias. O pior é que elas colavam no público.

Já não tinha nem paciência para o próximo *hit* irritante que chegaria logo, afinal, a máquina girava para fazer dinheiro e mais dinheiro e holofotes e seguidores e mais milhões em publicidades. Era só isso que importava para José Roberto e toda aquela equipe que trabalhava com ele, nos transformando em mercadoria. Será que o preço para fazer sucesso não era alto demais?

"Na vida tudo tem um preço", disse Tom, assim que me viu falando sozinho. Nem respondi. Tinha aceitado estar ali. Estava pagando o preço, iludido ao pensar que os ganhos seriam muito maiores do que os possíveis prejuízos que todos nós teríamos.

– Todos de volta para o hotel! – berrou Paula, assistente de produção. – Descansem, tomem banho, falem rapidamente com seus pais, sem muitos detalhes sobre o que fizemos e o que ainda vamos fazer. Quero todos no restaurante às dez para o jantar.

Bárbara ficou por último de propósito e deu uma piscadela para que eu não andasse tão rápido, um código que já usávamos com certa frequência. Aos poucos, fomos ficando bem para trás. Preocupada com o equipamento, a produção nem percebeu que nos desgarramos do rebanho.

– Vamos andar um pouco na praia? – sugeriu Bárbara.
– Sei lá quando vamos pisar nesse lugar de novo. Não quero perder isso por nada!
– Finzinho de pôr do sol, logo escurece.
– Tem medo de escuro, Theo?
– Com você? Não tenho medo nem de ondas de marshmallow – e rimos, contendo o volume da voz para não sermos notados por ninguém.

Eu arriscava qualquer coisa para não perder a companhia exclusiva dela. Fomos andando lado a lado na areia fofa, segurando os chinelos nas mãos. Tinha uma admiração pela capacidade de trabalho de Bárbara, a mais aplicada, a mais dedicada, a mais simpática do grupo. Quem mais ensaiava, quem pegava primeiro as coreografias. Virou nossa líder sem esforço. Báh tinha um interesse verdadeiro pelas outras pessoas. Não há detalhe mais bonito que a atenção. Gostava de cuidar de todas as pessoas em torno dela. Lembro do dia em que a assistente responsável pelo nosso figurino chegou com os olhos cheios de lágrimas e abraçou Bárbara com toda força. A moça tinha comentado algo sobre o filho gostar de desenhar. Báh deu um jeitinho, ligou para sua família e pediu que eles enviassem uma caixa recheada de blocos de papel, lápis de cor, giz de cera, pincéis, tintas e muitos livros para o garoto.

Ali, na praia, Bárbara fez um monte de perguntas sobre mim, sobre meus pais, sobre assuntos do meu interesse. Quis saber meu ascendente (Sagitário), se eu era ciumento (menti dizendo que um pouquinho só), se colocava o arroz por cima do feijão ou o feijão por cima do arroz (sempre o feijão por cima), qual era minha cor preferida (vermelho), se eu pretendia me casar (fiquei com vergonha de pedi-la em casamento naquela hora), qual era meu prato preferido (estrogonofe), que nomes eu daria para um gato e uma gata (nunca tinha pensado nisso), um doce que eu não podia viver sem (falei dois: doce de abóbora e goiabada cascão), se eu gostava de coentro (claro que sim), o que eu estudaria na universidade (respondi que era música e estava enganado) e outras coisas mais. Também perguntei sobre a vida dela. Estávamos trabalhando juntos havia seis meses e eu sabia muito pouco.

– Eu sou de Peixes, com ascendente em Virgem. Já fez seu mapa astral?

– Nunca. Não entendo nada de signos.

– Nem eu, mas acho bonito mapa astral. Parece um mapa do tesouro. Se decifrar tudo certinho, encontra o ouro, o que, no caso, significa entender tudo sobre você mesmo.
– Parece bom, dito assim. E sua cor favorita?
– Azul. E gosto de arroz por cima do feijão, mas deixo você dizer que o bom é o contrário. No coentro, a gente concorda. Ah, e a Bolacha foi minha gata na infância. Eu dei esse nome pra ela. Gosta? Podemos ter um gato chamado Biscoito e uma gata chamada Bolacha, assim a gente faz a ponte aérea Rio-Sampa.
– Você é engraçada, Báh.
Em certo momento, sentamo-nos na areia, de frente para o mar, e ficamos esperando as ondas chegarem até nós. Já era noite, a maré se elevava.
– Estou me sentindo tão bem – eu disse, radiante, experimentando o amor percorrer minhas veias. – Essa caminhada na praia me ajudou a relaxar a tensão dos últimos dias. Obrigado!
– Se você relaxou só andando na areia, imagine amanhã quando entrarmos no mar! – deu um leve sorriso que mal fez sua boca abrir, como se quisesse guardá-lo para si mesma. – Nós vamos, não vamos?
– Escapar com você? Pode contar comigo.
– Só não prometa se não for cumprir – olhou bem fundo nos meus olhos.
Já estávamos quase chegando pela porta dos fundos do hotel para que ninguém nos visse, quando eu segurei seu braço. Ela ia na frente, por isso, se virou, deixando o rosto bem perto do meu. Eu não me afastei, nem parei de segurar seu braço, depois sua mão. E nos beijamos pela primeira vez.
– Quero te dar um presente – e coloquei em seu braço a pulseirinha de pedra azul que eu usava há tanto tempo e que significava muito para mim.

O segundo beijo foi intenso, incrível, quase podia sentir a minha cabeça tocar a lua e as estrelas. Um momento especial e sem post nas redes sociais, sem a preocupação de mostrar nada a ninguém. Nem poderíamos. Estávamos vivendo aquilo de verdade, embora fosse segredo.

No dia seguinte, Paula, não sei se por iniciativa própria ou a mando de Amélia, grudou em nós e não teve jeito de colocar em prática o plano de cair no mar. Pelo menos não naquela noite. Mas quem vigiaria a gente durante toda a madrugada? Vi que Bárbara estava on-line. Arrisquei na mensagem.

– Topa mergulhar?
– Agora? São três da manhã, Theo.
– Ondas de marshmallow, *baby*.
– Te adoro. Vamos.

Uma coisinha antes do capítulo 17

Um presente e tanto

Tinha acabado de tomar banho quando vi a mensagem de Bárbara.

"Não consegui dormir de ontem pra hoje. Só fico pensando na gente. Tomara que eu tenha me saído bem na gravação. Ah, também quero te pedir um favor. Meio favorzão gigante. Preciso presentear um funcionário aqui do hotel que vai me fazer outro grande favor. Você me dá o seu blusão vermelho da Sweet? Você trouxe, né? Eu não trouxe nenhum. Juro que devolvo."

"O blusão vermelho é o meu preferido. Pode ser o branco? Nem precisa devolver, tranquilo. Ah, e você estava mais linda do que o Caribe inteiro na gravação."

"Vou pegar agora o blusão. O branco, claro. Posso? Abre a porta em dez segundos. Fica esperto porque a Paula está que nem perdigueiro, farejando até perfume. Acredita que ela veio me perguntar se eu usava o mesmo perfume que você? Temos que tomar cuidado com esses pegas às escondidas – que delícia! Não vou tomar café da manhã com vocês, tá? Estou com uma cólica terrível, preciso descansar. E nem tente me beijar no corredor do hotel, garoto, porque eu não vou resistir e a coisa pode ficar feia pro nosso lado (brinks)."

"Sim, senhorita, vou me comportar. Pelo menos, prometo tentar... kkkk."

capítulo 17

Alimen
perso

O envelope tinha a logomarca da editora Guimarães e o meu nome veio escrito no centro, bem grande, com uma caligrafia que lembrava convites de casamento. Abri com cuidado e tirei lá de dentro o álbum de figurinhas autocolantes da Sweet. Ele veio completo, com todos os cromos já aplicados. Álbum lindão. Fotos de shows, de bastidores, de nossas infâncias (que vergonha: uma minha na pré-escola, com orelhas de coelho, feitas de cartolina amarela e algodão). Lá estava eu, capa de um álbum. Dá pra acreditar? Até outro dia, eu ia com meu pai comprar os envelopes na banca. Lembro da minha alegria quando tirei a figurinha do Zuba, meu ídolo do Dínamo, no álbum do Campeonato Brasileiro. Agora isso aconteceria com algum fã ao me tirar. Estava tão pensativo que não vi Tom se aproximar.

De todos os produtos que saíram com nossa imagem, e olha que foram dezenas, o álbum de figurinhas foi o que mais me tocou. Estávamos em cadernos, estojos, mochilas, camisetas, bonés, embalagens de salgadinhos, latas de refrigerante, caixas de suco e pacotes de doces. Mas os milhões em publicidade rendiam para José Roberto. O pai do Tom teve uma discussão pesada com o chefão, justamente por causa da porcentagem. Meus pais me contaram, logo depois, que os direitos de imagem que nos cabiam tinham sido reajustados. Para mim, a curtição era me ver em tantos lugares. Por outro lado, eu não entendia como os fãs compravam tanta bugiganga sem se importar com os preços altíssimos cobrados pela lojinha da Sweet – uma carreta longa, estacionada na porta dos estádios em que nos apresentávamos, só com produtos originais.

Tom me chamou de lado, contou o papo com o pai dele:
– Estamos sendo roubados, Theo. Os caras estão ganhando milhões sem passar nossa parte, saca?
– Parece que você e seu pai andam fazendo as contas a sério, Tom.
– Nosso tempo é curto aqui, meu amigo. A gente não vai surfar essa onda por muito tempo. O lance é defender o que é nosso para garantir os próximos anos. Meu pai vai entrar na jogada.
– Talvez ele possa conversar com os meus pais, Tom. Lá em casa, a preocupação do meu pai é se eu vou continuar cantando refrão ruim.

Claro que a gente caiu na risada. Por sugestão do Tom, fizemos uma pesquisa em algumas bandas *teen* de anos atrás para saber quanto tempo tinham durado e o que seus integrantes faziam antes. Os resultados não foram nada animadores.
– Tá vendo só? A média é de três anos, algumas não passam de dois. Se a gente não colocar dinheiro no cofrinho agora, não sei, não.

Continuamos a pesquisa e só fomos parar quando caímos em um vídeo novinho do canal *Glitterama*, uma rede de fofocas sobre artistas. O título do vídeo era: "Paparazzo flagra Bárbara, estrela da banda Sweet, fazendo compras no shopping disfarçada com peruca". Detalhe: nem era Bárbara na foto.

Pronto! Era só o que faltava mesmo! Passamos a ser também alvos dos influenciadores de fofocas e fotógrafos caçadores de celebridades. E o pior: era *fake news*. O sucesso tinha chegado de fato com aquela falta de paz e uma porção de mentiras e invencionices a nosso respeito.

***

Éramos como ídolos fabricados, um sexteto saído da prancheta de uma equipe de criação. Cada um com uma característica que poderia empolgar o nosso público. Não tínhamos, àquela altura, a menor noção de nossa importância para tantos adolescentes, que se projetavam em nós. Ao contrário, acabamos começando a alimentar personagens: Henrique fazia o papel de conquistador. Julieta, a rebelde. Clara, a nerd. Tom, o bom na dança. Bárbara, a voz de princesa. Eu, o tímido.

Os fãs também eram personagens nesse imenso teatro. Fora que as redes sociais manipulavam opiniões e faziam os coraçõezinhos virarem carinhas de vômito com a mesma velocidade com que trocávamos de roupa para propagandas ou nos camarins. Com que frequência os ídolos seriam substituídos por outros? Será que a superexposição era o que causava esse esgotamento tão rápido? Será que os fãs tinham a mínima consciência para perceber que todos os integrantes das bandas eram adolescentes tão vulneráveis quanto eles?

Julieta vivia brigando com a produção, não concordava com as roupas escolhidas pelas figurinistas – e resolvia customizá-las por conta própria, o que lhe rendia grandes encrencas com José Roberto depois dos shows. Lembro de um mês em que o *big boss* descontou todas as roupas que tinham sido cortadas e rasgadas do cachê dela. Só assim Julieta sossegou um pouco. Em compensação, a cada show seus cabelos estavam de uma cor, até que ela apareceu com a cabeça raspada. Daí, sim, foi aquele escândalo, a ponto de José Roberto ter chamado a menina de "sapatão".

– Você não me ofende com esse adjetivo, Zé Roberto! Bota na capa do disco de uma vez e aproveita o pessoal do marketing. Quem sabe eles mandam umas letras mais engajadas e menos hétero top. Garanto que vai estourar.

A sugestão de Julieta foi escutada com atenção. José Roberto viu uma oportunidade. Se existia uma palavra para definir o dono da produtora, a cobiça tinha a ver com isso. Mandou o pessoal pesquisar os impactos positivos e negativos de posicionar a Sweet na causa. Não demorou para chegar uma letra nova falando que o amor era livre e colorido. O nome? *Rainbow cupcake*. O tradicional refrão meloso, as rimas bobas, e a vontade de transformar uma questão séria em cifras para a produtora não foram o suficiente para abalar nossa alegria. Pelo menos tinha um propósito ali, o que não foi comemorado somente por Julieta. Eu, Bárbara, Tom e Clara curtimos. O galã fez cara feia.

Henrique usava roupas grudadas e fazia questão de mostrar a ausência total de barriga. Tinha uma vaidade incomum. Todos nós concordávamos que ele era o mais bonito, o mais malhado, mas o temperamento dele acabava detonando o lado bacana. Teve um chilique no dia em que uma simples espinha pipocou em seu nariz. Ficava o tempo todo dando em cima de Bárbara e Julieta, descaradamente. Mais de uma vez Bárbara reclamou de seus abraços apertados e ousados demais. Mas ele não se importava, ou não conseguia sair daquele personagem. Certa vez, depois de um show em Uberaba, cidade mineira, ele provocou Julieta quando estávamos descendo da van que tinha nos levado para o hotel.

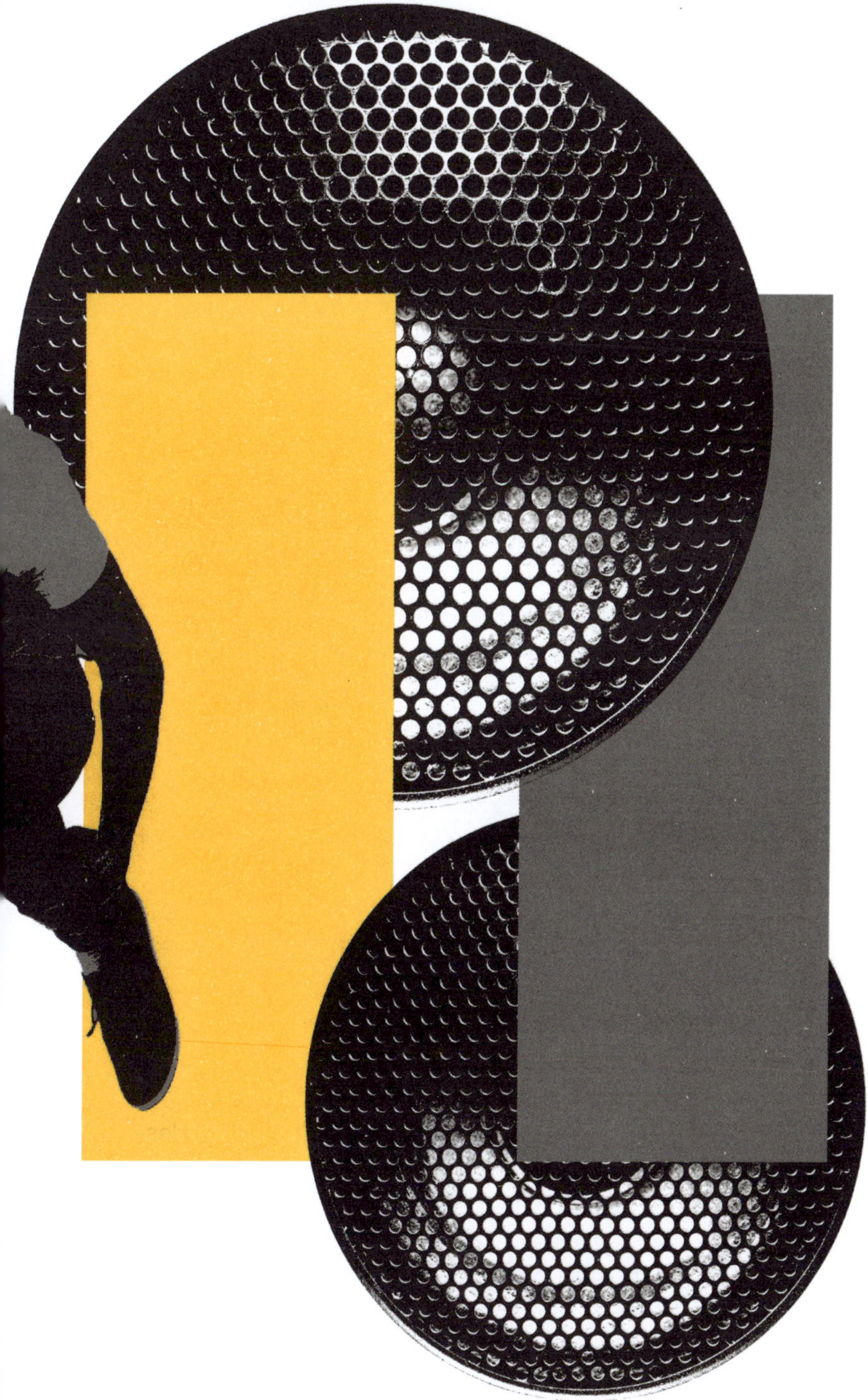

– Deixa a porta do seu quarto aberta que daqui a pouquinho eu vou para lá. Só vou ver se você está bem...

– Ih, pode tirar o cavalinho da chuva, Henrique. Não entendeu que eu gosto de meninas?

– Eu ouvi você dizendo isso para o Zé Roberto e não acreditei, sabia? Já vi você dando bola pro tecladista aí – e apontou em minha direção. – Tá certo que isso seria perda de tempo, gata. Esse cara só olha para partituras e livros.

– Theo e eu somos amigos, Henrique.

– Vai ver que é isso. Você precisa de alguém mais do que amigo.

Nem me abalei com a conversa e a ironia de Henrique lançadas contra mim. Eu tinha mais interesse em seguir o caminho para o hotel ao lado de Bárbara.

– Chega de papo furado, Henrique. Minha vida pessoal não é assunto pra você – respondeu Julieta.

– Eu tô de boaça. Vou te ajudar a gostar de homem, verdade. Tenho paciência de sobra. Olha só para esse corpo – e deslizou a mão sobre o peito, a barriga – e me fala se você não vai se divertir aqui!

Julieta gargalhou.

– Desde quando você é homem de verdade, Henrique? Um homem de verdade não tem um pensamento tão tosco! – disparou Báh.

Henrique não se conformou com a descompostura ali, na nossa frente.

– Pronto! Chegou a feministona. Agora a gente não pode mais abrir a boca que está sendo tosco, machista, misógino. Que coisa mais chata! Você é do tipo que curte fazer o papel de coitadinha?

– Coitadinha? – Clara se enfureceu. – Queria que você fosse mulher por um único dia para ver como é que é.

– Poxa, deve ser difícil, né, Clara? Ir ao cabeleireiro, fazer as unhas, escolher vestido. Se liga, garota. Foi só uma brincadeira. Fiquem bem sossegadas porque a fila para pegar o papai aqui é grande.

– Manda distribuir senha, Henrique – Tom se intrometeu. – Você precisa dormir, mano. Vai, toma um banho e dorme bastante porque seu humor está insuportável no grau máximo. E olha que a gente já está acostumado com seu nariz em pé. Opa, menos quando aparece uma espinha na ponta do nariz e você faz o papel do coitadinho, pobre menino lindo – provocou uns segundos de leveza para todos nós.

Henrique apertou o passo, entrou no elevador do hotel e não nos esperou para subir.

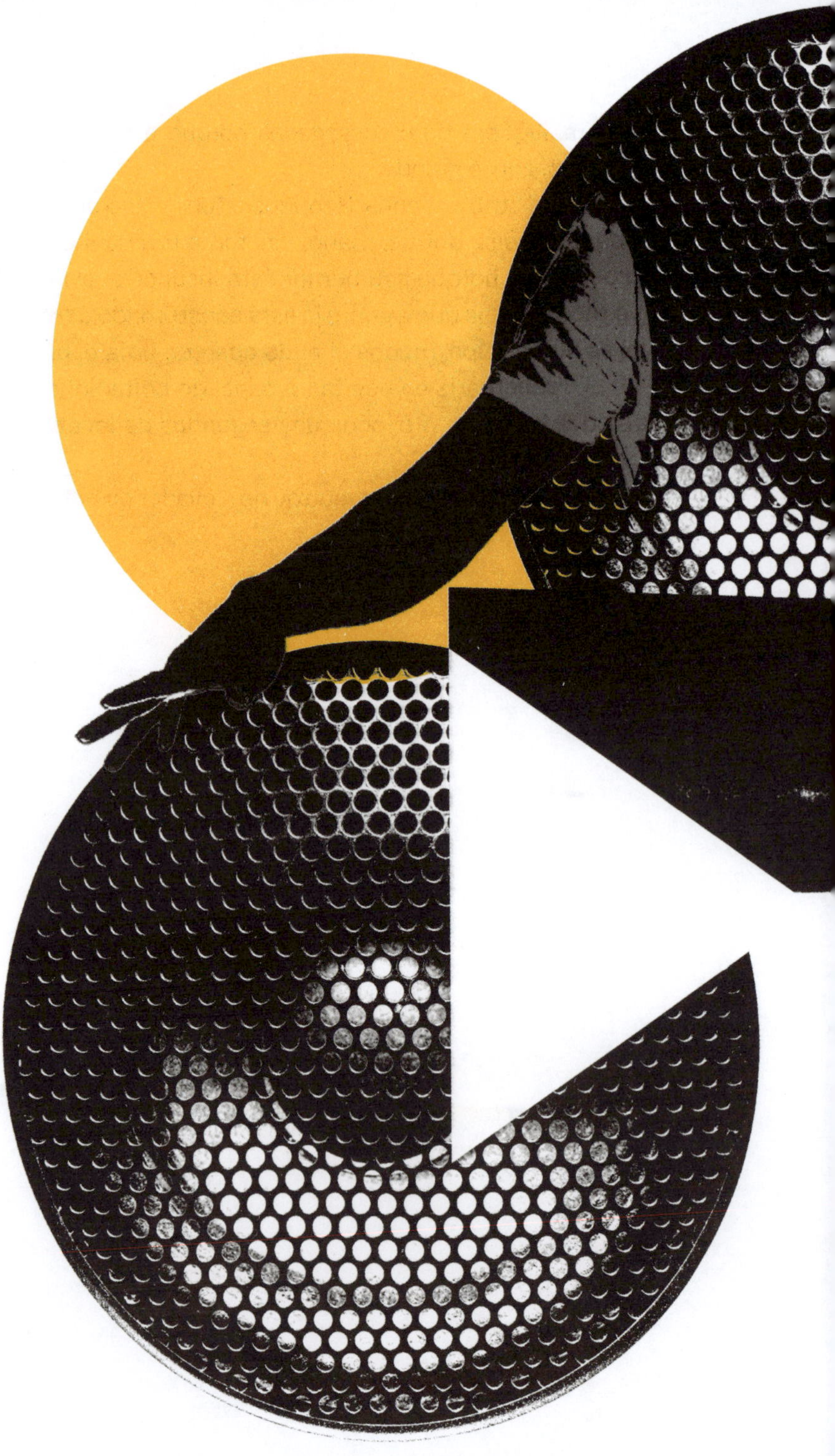

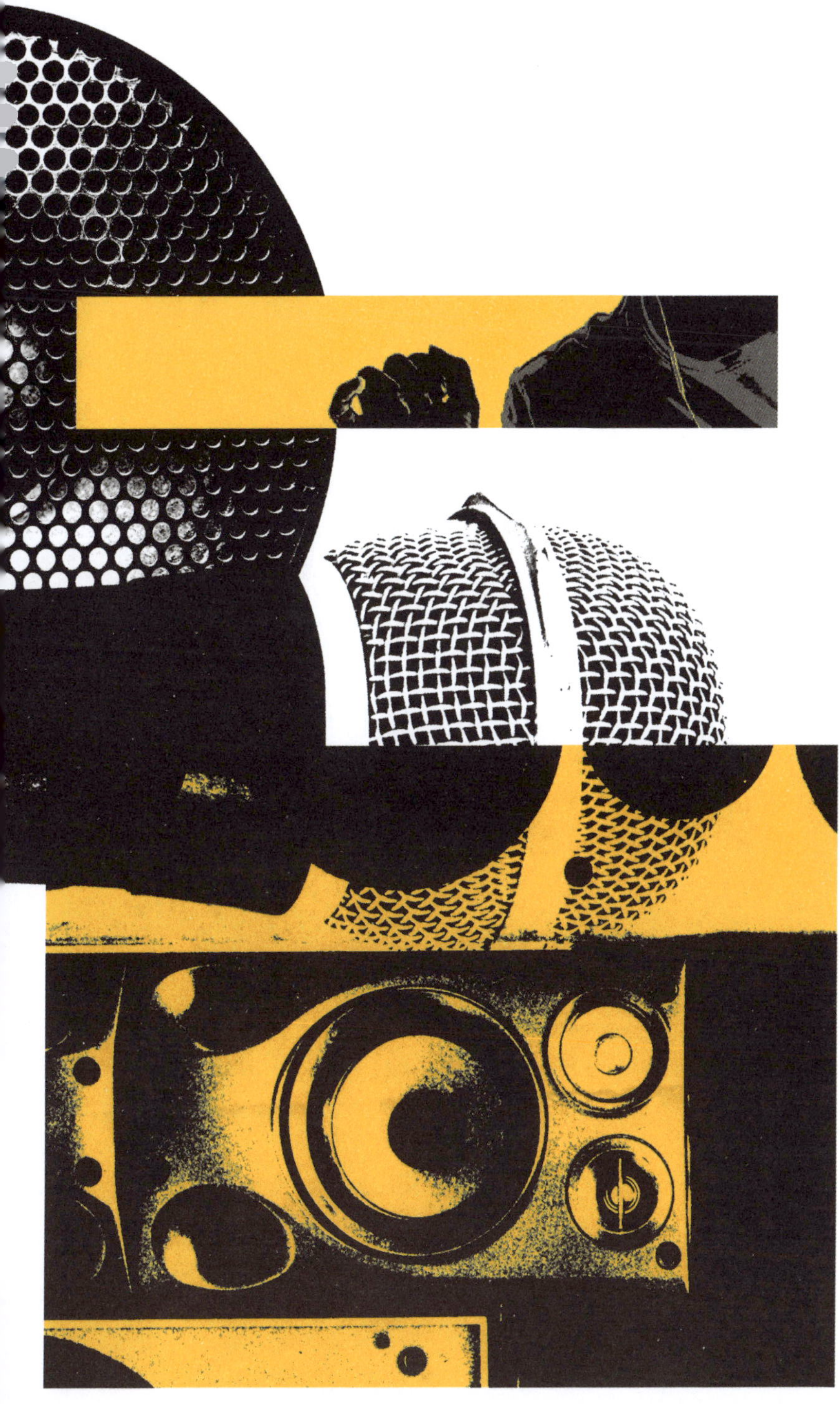

capítulo 18

Uma conve que qu o gelo

Fazia uma semana que tínhamos sido escolhidos para formar a banda e ainda convivíamos como completos estranhos. Ninguém sabia nada de ninguém. Nossas conversas eram absolutamente superficiais. Vários influenciadores vieram nos entrevistar, mas estavam mais interessados em fazer *selfies* com a gente do que exatamente saber de nossas vidas, de nossa formação, de onde tínhamos vindo. Os ensaios de coreografias, as sessões fotográficas, as aulas de canto, as provas de figurinos... era tanta coisa que mal dava tempo de conversar.

Só fomos quebrar o gelo em nossa primeira viagem de ônibus duas semanas depois. O local escolhido foi Campinas, a uma hora de São Paulo. Viagem rápida e tranquila. Nós nos acomodamos no fundão, cada um com fones de ouvido tocando suas *playlists*. Foi Clara quem tomou a iniciativa de quebrar o gelo logo que o ônibus entrou na estrada.

Ela pegou o violão, começou a cantar "Às vezes se eu me distraio", e foi emocionante o coro equalizado no refrão.

– Pitty é incrível, né? – perguntei, afirmando.

— Passa o violão — pediu Tom — e a gente faz uma rodada de músicas favoritas. Que tal?

— Topo! — animou-se Bárbara.

Tom emendou uma clássica, e até a produção cantou junto: "Só os loucos sabem". O motorista do busão entrou na brincadeira, buzinou no ritmo, mandou um salve para o Chorão.

— Minha vez. Vamos ver se vocês sabem essa — disse Julieta —, é das antigas mesmo! *Eu te amo você*, conhecem? É da Marina!

— Canta, Ju, eu toco essa. Adoro. Minha mãe é maior fã — e Tom fez dupla com Julieta, com direito a interpretação incrível da canção, suave e mais lenta.

— E aí, Theo, qual vai ser a sua?

— Poxa, eu tô pensando até agora, Bárbara. Quer fazer a sua antes?

— Vamos de dupla também?

— Tem que continuar mexendo no fundo do baú, porque assim a gente canta junto — gritou Paula, e pudemos ver o sinal de "curti" de Amélia, que estava sentada à frente dela.

Bárbara pegou o violão e passou para mim. Não combinamos nada, só uma troca de olhares bastou.

— "Tô te cuidando de longe", vocês!

E todo mundo acompanhou:

— "Tô te amando no meu canto".

Henrique não deixou por menos. Com ele, cantamos uma sequência incrível, um *pot-pourri* com os sucessos da Marília Mendonça.

Naquela primeira conversa musical, depois de alguns minutos, descobrimos que tínhamos muito em comum. É normal, quando conhecemos ou nos interessamos por alguém, procurar por aquilo que nos une. As diferenças ficam para mais tarde. As semelhanças ultrapassavam os gostos musicais e chegavam também nos perfis que seguíamos, nas séries que acompanhávamos, nos memes que compartilhávamos, em nossas dificuldades familiares na escola, em nossas inseguranças da adolescência.

De repente, como num flash, passamos para o outro lado do balcão. Viramos celebridades, como nossos ídolos.

***

A gravação do nosso primeiro clipe, duas semanas depois dessa viagem a Campinas, teve como cenário a imensidão de Fernando de Noronha. Durante o dia, os ensaios seguidos. Bárbara estava radiante. Repetia que não acreditava estar ali, vivendo tanta beleza. Eu olhava para ela e concordava, "muita beleza". Ela ainda não sabia, mas era explícito, bastava olhar para minha cara. Caidinho. Em pouco tempo de Sweet, eu já estava completamente apaixonado. Minha timidez fazia de tudo para disfarçar, até porque, naquele momento, eu pensava que ela jamais me daria bola...

Quando o sol baixou, a produção já tinha arrumado tudo. Tochas, velas, uma fogueira. Nós todos ao redor do fogo, cantando com o violão e encenando um clima de romance com atrizes e atores.

O figurino me deixava um tanto nervoso, eu não era do tipo que usava camisa aberta, colar hipster, chapéu-panamá. Se tinha uma coisa que eu não sabia fazer era bancar o conquistador. Meu par era uma garota uns cinco anos mais velha do que eu. Chamava-se Sabrina. Megassimpática. Eu deveria pegar nas mãos dela, dançar e rodar, mas fiquei tão nervoso que paralisei. Parecia uma marionete feita de latas velhas, tão enferrujada. O diretor do clipe se encheu de me pedir para fazer de novo e de novo, "estamos perdendo tempo demais com isso, Theo, vê se colabora", e foi por causa disso que tivemos um intervalo de trinta minutos.

Bárbara se aproximou, pegou a minha mão:

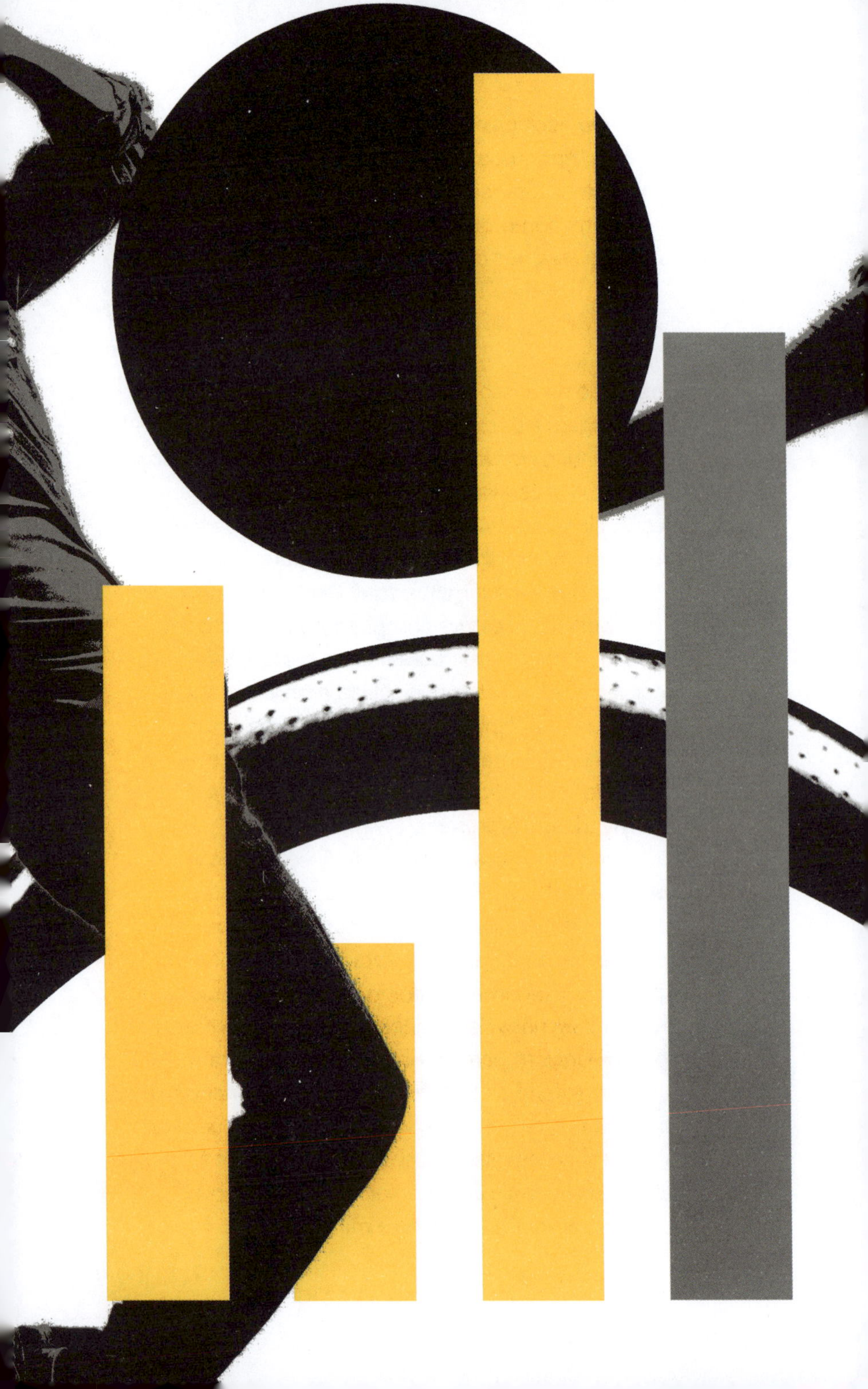

– Vem, Theo, eu faço a cena com você. Olha pra mim, esquece do resto. Sente a energia linda desse lugar.

– Tô travado.

– Relaxa, docinho. Cante comigo o refrão.

Eu fui. Por um momento, eu me senti a sós com ela. Apesar de ser desengonçado para dançar, eu sabia olhar em seus olhos e me divertir, rodopiando, dando risada daquele ensaio maluco e improvisado que ela inventou só para me deixar à vontade.

Um dos versos da música dizia "No balanço do *flow*, eu vou", e nós cantamos juntos, afinados.

– Bora gravar! Theo já tá no jeito – ordenou o diretor.

Escutei os câmeras gritarem uns com os outros para seguirmos com o trabalho. Bárbara me deu um abraço e disse "finge que sou eu". Aquilo seria fácil. Sabrina se aproximou e pediu licença ao nos ver tão perto: "Vocês combinam, são perfeitos". A gente se olhou, Sabrina disse para Bárbara que cuidaria de mim por alguns instantes. As duas riram como se soubessem de algo que eu não sabia ou disfarçava não saber, ainda que muito mal.

– Você vai namorar com a Bárbara, Theo. Vocês têm uma conexão bonita. Olha, eu sou bruxa, hein! – a frase de Sabrina me arrepiou.

Bárbara assumiu sua posição para a gravação, ao lado de um carinha cabeludo, super gente boa (o que não me impedia de sentir uma pontinha de ciúmes).

Sabrina tinha o nome místico de bruxa, e a tatuagem no seu braço com uma coruja pousada sobre a lua combinava bem com isso. Restava saber se sua profecia também se realizaria. Nos últimos tempos, muitas previsões improváveis tinham se tornado realidade. Eu passei a acreditar que, em algum momento, Bárbara seria minha namorada. Aquilo sim seria o meu céu. E eu nunca mais tive notícias da misteriosa Sabrina.

Uma coisinha antes do capítulo 19

Procuro entender o que vem de você

No dia do meu aniversário, mostrei para os chicones uma canção. Todos olharam emocionados para mim, nem precisei falar nada.

Eu mantinha muita coisa em segredo, como uma história que não precisava de mais nada nem de ninguém. Um dia, Bárbara voltaria, era o que eu mais queria. Meus amigos sabiam do meu grande amor. Só não imaginavam que eu ainda pensava tanto nela, cheio de saudade e muitas vezes com tristeza.

Pode crer, continuo a te esperar
Ainda te sinto por perto a me olhar
Essa saudade aperta, não passa
Feitiço do tempo, você precisa voltar

Ouça aqui
Feitiço do tempo

— Feliz aniversário, Theo. A gente tá aqui contigo, cara, e você sabe que é pra valer. Se você quiser, a gente sai por esse mundão atrás da garota — Zeca me abraçou com carinho.

– Vocês são demais. Adoro vocês, velho – eu respondi, olhando cada um deles nos olhos, com a sensação de que eu não poderia querer mais nada naquele momento.

– Opa, foi aqui que pediram um bolo de aniversário?

Não acreditei quando olhei para a porta. Era meu amigo Renato, vinha de mala para passar uns dias comigo e trazia um bolo socado numa sacola para celebrarmos juntos. Detalhe: talvez tenha sido um dos melhores pedaços (ou farofa) de bolo que eu comi na vida. Eu, filho único, tinha uma sorte enorme com amigos que eram mesmo irmãos. E essa boa sorte me trazia a certeza de que ela voltaria quando eu menos esperasse.

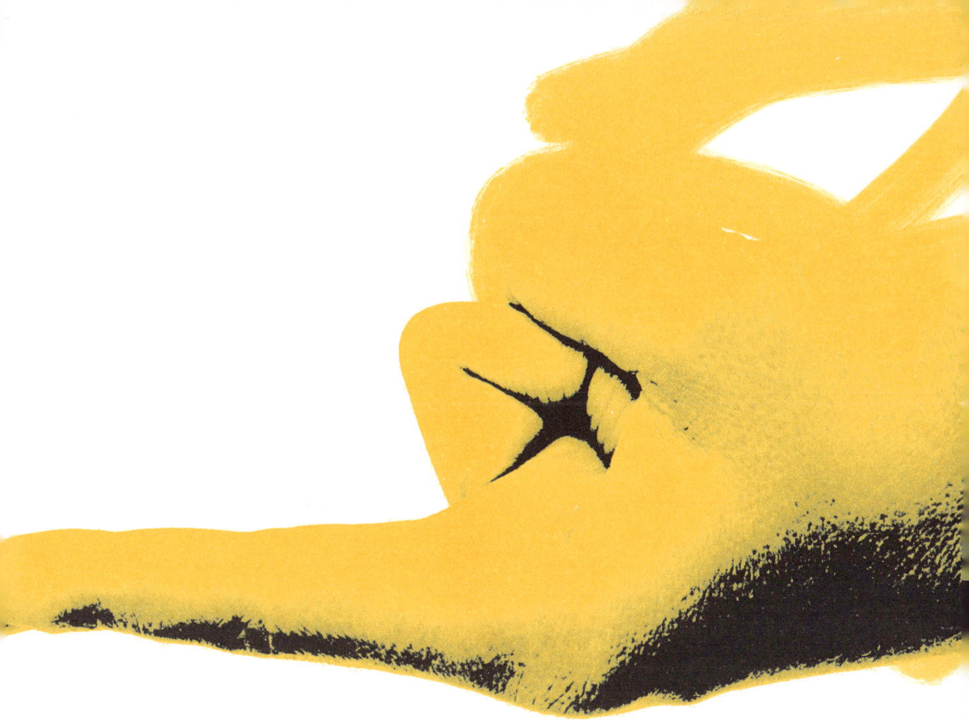

capítulo 19

É ce ou tar

Quando a bombástica entrevista de Bárbara foi ao ar, compartilhada por milhares de sites, blogs e redes sociais, a banda chegou ao fim. Depois daquelas duas semanas forçadas de reclusão, nós e nossos pais fomos chamados para uma reunião urgente na sede da produtora. Lembro que meu pai desmarcou uma consulta no cardiologista para conseguir ir. Minha mãe tinha um ensaio com a orquestra, eu insisti para que ela fosse ao compromisso e deixasse por conta do pai a função de comparecer ao escritório de José Roberto. Não havia cadeiras para todos na sala de reunião, metade ficou em pé e ninguém se interessou em tomar o tempo com xícaras de café.

– Obrigado por virem até aqui esta manhã – José Roberto começou a falar, dispensando cumprimentos pessoais. – A conversa será muito rápida. Chamamos vocês aqui para dizer que a Sweet acabou.

Todos tomamos um choque. Tom tapou o rosto com as duas mãos. Julieta e a mãe começaram a chorar. Clara ficou pálida. Eu senti o estômago subir pela garganta. Henrique parecia querer socar alguém.

– Diante dos últimos acontecimentos, não temos mais interesse em investir na carreira de vocês. Os contratos estão, portanto, encerrados. Gostaríamos de agradecer por esse tempo de convívio.

Eu nem havia percebido que o diretor jurídico da produtora estava na sala. Ele aproveitou a deixa para entregar envelopes com os distratos e informou que estávamos de aviso-prévio.

– Gostaria de lembrá-los de que há uma cláusula de confidencialidade de dez anos sobre o fim de nossa relação. Se derem entrevistas ou publicarem qualquer coisa sobre o assunto, vocês poderão ser processados, assim como já estamos fazendo com Bárbara. Posso garantir que ela e a família pagarão muito caro por romperem o contrato. Fez isso conosco e fez com vocês, que deviam achar que era amiga de vocês. O prejuízo sobrou para todo mundo.

O diretor jurídico explicou as cláusulas do documento e apontou a página em que as assinaturas deveriam ser feitas. Todos estariam livres de multas, menos Bárbara, ao que tudo indicava. O pai de Tom aconselhou que assinássemos em outro momento, na presença de um advogado que representasse nossos interesses. Meu pai foi o primeiro a dizer que o término da banda significava que a produtora não poderia continuar a lucrar com nossas imagens. O clima ficou tenso. Mesmo assim, José Roberto parecia estar aliviado em se livrar de nós.

– O que vai ser da gente? – Clara foi a primeira que conseguiu falar.

– Não é problema nosso – deu de ombros José Roberto. – Vocês tiveram uma chance e não souberam aproveitar.

– Mas o que nossos filhos fizeram? – retrucou a mãe de Julieta, que o tempo todo contemporizou as denúncias da ex-líder da banda. – Foi a Bárbara quem saiu. Os outros não fizeram nada de errado. Não era mais fácil chamar alguém e colocar no lugar dela?

– Para nós, a Sweet era um produto que funcionava bem com os seis integrantes que escolhemos estrategicamente. Bárbara saiu e fez de tudo para acabar com a nossa reputação. Mas o que ela conseguiu foi acabar, isso sim, com a carreira de vocês. A banda foi can-ce-la-da. Vocês acabaram nas redes sociais. E, como bem sabem, hoje ninguém se importa com o talento que você tem, mas com o seu número de seguidores.

– Olha, José Roberto, há especialistas em gerenciamento de crise que poderiam ser contratados – o pai de Tom entrou na conversa. – É só esperar a poeira baixar. Veja aí quantos escândalos na política estouram todos os dias e são rapidamente esquecidos...

– Para nós é muito mais fácil criar outra banda do que recuperar a imagem da Sweet – e encerrou a reunião rispidamente. – Obrigado mais uma vez por terem vindo. Acabou aqui. Vida que segue!

Não vou mentir. Na noite em que Bárbara se despediu de mim, eu sabia que aquilo aconteceria, só não imaginava que seriam apenas poucos dias para a queda. Bandas *teen* têm vida curta. Se o motivo não fosse a saída de Bárbara, acabaria sendo por causa do esgotamento dos fãs ou alguma outra coisa assim. Logo haveria um novo sexteto, quinteto ou quarteto para ocupar o nosso lugar. Não queria que tivesse terminado daquele jeito. Bárbara sumindo, os fãs nos atacando, nossos pais arrasados. Mas, enfim, o feito estava feito.

✳✳✳

Paramos no estacionamento da produtora para nos despedir. Os pais presentes combinaram de consultar um escritório de advocacia para finalizar a questão do contrato e entrar com uma ação contra a produtora. Henrique saiu sem falar comigo. Julieta ainda era a mais revoltada e não passou pano para a atitude de Bárbara.

– Vou esganar essa menina no dia em que eu a encontrar, vou mesmo. Ela não tinha o direito de estragar o sonho de todos nós. Não sem conversar com a gente antes.

– Nunca fui amiga dela – disse Clara. – Queria tanto realizar o sonho dos meus pais e comprar um apartamento com vista para o mar – choramingou. – Eu já fui pobre. Acreditem em mim: ter dinheiro é muito melhor.

Tom tentou tranquilizá-la, o que era impossível, afinal, entre todos os integrantes da banda, ela era a única que dependia exclusivamente daquele trabalho para sustentar sua família.

– Com a fama que tivemos, vamos conseguir outras oportunidades na música – eu procurei palavras de motivação mesmo não estando motivado. – A Sweet foi um trampolim para nosso sucesso.

– Vamos, sim – Clara deu um sorriso irônico. – Talvez um de nós seja chamado para fazer um *reality show*. É o futuro de toda ex-celebridade, né? Mas, até lá, vocês estarão numa boa, e eu?

– Você terá nosso apoio, Clara, pode ter certeza – respondeu meu pai.

No entanto, a resposta de Clara foi seca:

– Não precisarei de vocês para pagar as contas de casa, na boa. A gente sempre se virou.

Os outros ficaram calados por alguns segundos. Ninguém parecia estar muito interessado em ajudar a resolver o problema pessoal de Clara. Muito menos dividir prejuízos.

O rumo da conversa mudou quando Julieta sentou-se no chão e começou a chorar, repetindo uma pergunta sem resposta:

– Será que daqui a seis meses alguém ainda se lembrará de nós?

***

Quando chegamos no nosso carro, meu pai estava ofegante e transpirava muito. Minutos longos se passaram, eu falava com ele e nada. Tentei fazer ele me dizer o que estava sentindo. Foi em vão. Ao contrário do que eu pensava, não éramos só nós as vítimas daquela pressão. Tive que pedir um táxi para seguirmos direto para o pronto-socorro do hospital mais próximo.

Eletro, ultrassom... horas depois, meu pai continuava amparado com oxigênio. O cardiologista descartou qualquer possibilidade de infarto, mas foi categórico quando me colocou a par de seu diagnóstico:

– Ainda bem que tem bastante música aí dentro da sua cabeça para trazer alguma tranquilidade, rapaz. Você precisa se acalmar e se preparar para dar suporte. Seu pai vai ficar uns dias internado.

– Internado? – eu perguntei.

– Sim, seu pai terá que fazer uma batelada de exames. Detectei um problema no coração que pode necessitar de cirurgia. Por favor, telefone para sua mãe. Você é menor de idade, preciso da assinatura de um responsável.

Aquela notícia mudou tudo na minha cabeça. Pouco interessava se ia ter banda, clipes, dinheiro ou notícias ruins sobre nós nas redes sociais que cancelassem nossas carreiras para sempre. Meu pai estava hospitalizado, nós dois a quilômetros de distância de nossa casa. Uma outra coisa também me sacudiu. Apesar de ter sido tratado como artista por agentes, produtores, advogados, gente de televisão nos últimos tempos, eu era apenas um garoto sem o poder de decidir nada sobre mim mesmo, muito menos para ajudar o meu pai naquela situação.

– Fique em paz, garoto, são 35 anos de uma carreira sólida como cardiologista e professor. Nunca perdi um paciente com problema semelhante ao do seu pai. Portanto, eu sei direitinho o que fazer. Vou consertar a máquina, deixar seu coroa zerado – disse, imitando gestos adolescentes com o uso de gírias na tentativa de aliviar minha aflição.

Abracei o médico meio sem jeito. Nos segundos seguintes, eu estava chorando nos braços dele.

– Rapaz, vai ficar tudo bem com seu pai, eu já disse. Acredita em mim?

– Eu quero acreditar que vai ficar tudo bem.

– O que é isso?! Sua vida só está começando. Tem um monte de coisas ótimas para você viver. Pode apostar. Na sua idade, eu ainda estava com os joelhos ralados, descendo ladeiras em carrinhos de rolimã. Pega sua vivência e transforma.

– Não sabia que o senhor também era psicólogo – brinquei.

– Isso não sou. Mas sou pai, tenho dois filhos já adultos. O primeiro é engenheiro, o segundo, arquiteto. Ninguém quis seguir a minha carreira. Mas veio o segundo casamento, e adivinha? Trigêmeos! Três mais ou menos da sua idade. Haja coração! Do trio, um gosta de ciências. Talvez seja o herdeiro do estetoscópio.

– E os outros dois?

– Dois futuros músicos. Eles precisam conhecer você.

– Eu vou gostar de conhecer os três, mas a música acabou para mim. Não quero mais.

– Parece que você se decepcionou...

– Muito. Meu sonho foi destroçado.

– Sabe, eu queria ser artista. Pintor para ser exato. Eu ficava me imaginando nas grandes exposições. Até hoje eu pratico os meus estudos de desenho e cores. Depois, entrei na universidade e me apaixonei pela medicina.

– Nem sei o que dizer. Minha vida anda de ponta-
-cabeça.

– Você vai viver o suficiente para aprender que algumas palavras nem deveriam ser ditas. Respira, liga para sua mãe. Eu vou ficar por perto. Você não está sozinho, não.

capítulo 20

Viven o mom

Voltando de quatro shows da Sweet no Nordeste, desembarcamos no aeroporto de Congonhas num jatinho bem maneiro. Eram apenas dezesseis poltronas. Esse luxo permitia também que não passássemos pelo terminal de passageiros para evitar tumultos com os fãs. Havia sempre uma van nos esperando quase na pista. Quando fui embarcar no carro preto, Amélia disse:

– Você não, Theo! Tem outro motorista que veio te buscar hoje.

Apontou na outra direção e só então vi meu pai com uma folha de papel tosca na mão com meu nome escrito a caneta. Era uma brincadeira com os motoristas que, sem conhecer os passageiros, exibem folhas com seus nomes para serem identificados. Fiquei surpreso, pensei que algo ruim pudesse ter acontecido com vovó ou vovô.

– Tá tudo bem, pai? – perguntei.

– Sim, tudo bem – ele me tranquilizou. – Estava de folga hoje, sem ensaio, e achei que poderia ser legal almoçarmos juntos.

– Boa ideia! Tô com fome. Em que lugar você pensou?

– Nas férias que passávamos na Praia Grande, nós íamos sempre numa pastelaria na Vila Caiçara, lembra? Faz alguns anos que não fazemos isso. Estamos aqui ao lado da Imigrantes, em uma horinha chegamos lá.
   Pegar uma hora de estrada para comer pastel na Praia Grande? Tudo bem que eu amo pastéis, mas aquilo era um pouco *over*. Meu pai devia estar completamente louco. Não percebeu a minha exaustão. Quatro shows em dois dias, uma penca de entrevistas, poucas horas de sono. Poderíamos ir outro dia. Olhei bem nos olhos dele e vi um brilho diferente:
   – Claro, pai, vamos! – não conseguiria decepcioná-lo. Peguei minha mala de mão e minha mochila e coloquei no banco de trás do carro dele. Em quinze minutos, estávamos na rodovia.
   – Olha só, Theo. O aplicativo está dizendo que vamos chegar lá em 48 minutos.
   – Finalmente se rendeu ao mundo dos aplicativos, é?
   – Não consigo entender como esse negócio funciona. Como ele sabe quanto tempo vamos demorar para chegar, como cortar caminho? É um mistério indecifrável para mim.
   Eu ri.
   – É a tecnologia, pai. Ela foi feita para facilitar nossa vida.
   – Verdade... antes eu tinha que andar com um livrão cheio de mapas no porta-luvas. E não fazia a menor ideia de quando chegaríamos num determinado lugar. A vida ficou muito mais fácil mesmo. Só não sei se ficou melhor.
   – Claro que ficou – levantei os meus olhos da tela do meu celular com aquela bobagem que ele tinha acabado de dizer.
   – Veja você aí no celular. Não está apreciando essa vista linda aqui da serra. Antigamente, quando tirava férias, eu me desligava do mundo e descansava pra valer por quinze, vinte, trinta dias. Agora a gente leva todos os problemas, todo o trabalho no bolso.

A conversa só terminou quando vimos a Pastelaria da Jane à nossa frente. Paramos o carro num estacionamento apertado na rua de trás. Comemos dois pastéis cada um. Recheados de afeto e cumplicidade. Pena que minha mãe tenha ficado em casa, trabalhando em uns arranjos novos.

– Sua mãe está morrendo de saudade de você. Vamos enforcar uns dias, ficar os três em casa, curtir nossas *jazz sessions* em família, que tal?

– Como se fosse possível, né? Amanhã tenho ensaio, viajo à noite para o Caribe. Esqueceu? Vai ser demais, pai.

– Eu não me esqueci, filho. É que vocês viajam tanto que não consigo mais acompanhar a agenda da banda. Sinto falta da gente quieto, sabe? Mas eu e sua mãe decidimos não reclamar, não exigir sua presença de vez em quando em casa. Não vamos impedir você de viver essa experiência, mas isso tudo que está acontecendo é curioso...

– Por quê?

– Você foi criado por dois músicos que buscaram o caminho inverso dos holofotes das grandes mídias. E continuamos felizes com essa decisão.

– Pai, eu tô vivendo meu momento.

– Eu sei. Vai passar, filho. Esteja pronto pra isso.

Talvez ele estivesse certo, mas, naquele instante, eu não estava nem um pouco a fim de imaginar que isso aconteceria depressa demais.

***

No dia seguinte, a caminho da gravação de um *podcast* de um superinfluenciador, eu comentei essa história, meio de bobeira, com todos os cinco da Sweet para mostrar como meu pai andava carente. Mas parece que aquela história irritou Clara.

– Sabe onde o meu pai estava no horário em que você foi comer pastel na praia com seu pai?
– Não sei – respondi ingenuamente.
– Eu também não. Meu pai saiu de casa quando eu tinha sete anos e nunca mais apareceu. Minha irmã tinha quatro anos. Ele fugiu sem se despedir quando descobriu que a filha mais nova era autista. Deixou a gente com a minha mãe e minha avó. Minha avó fez a gente rezar todas as noites, pedindo que ele voltasse.

Clara contou a história com raiva. Julieta, que estava entre nós na van, ficou assustada. Pela cara de todos, ninguém sabia daquela passagem da vida dela.

– Quando fui escolhida para fazer parte da banda, eu senti que a minha hora tinha chegado – disse ela, ainda bastante alterada. – Eu venci. Sem a ajuda, sem o apoio, sem o carinho dele. O que será que ele pensa quando me vê brilhando na televisão, nas redes sociais, nos jornais? Tenho certeza que ele morre de raiva só de imaginar quanto dinheiro eu posso ganhar na vida. E ele não vai ver um único centavo.

Todos continuávamos ouvindo a história em silêncio. Até mesmo o motorista e a produtora, que iam no banco da frente, pareciam tensos com o drama contado por Clara. Queria dizer algo, mas não me ocorreu nada.

– No dia em que ele desapareceu de casa, eu vi minha mãe jogada no chão, chorando – continuou Clara. – Minha irmãzinha chorava junto. Eu prometi, naquele dia, que eu seria uma estrela e que ela não precisaria mais trabalhar na vida. Vou vencer!

Bárbara, que estava na última fila de bancos, bem atrás de Clara, colocou as mãos nos ombros dela e falou:

– Você é uma vencedora, Clarinha! Você, sua mãe e sua irmã venceram muito antes de você entrar na banda. Sua avó também. Tenho certeza que ela fez sempre o melhor que pôde.

– Sim, Bárbara, ela fez. Eu faço. É difícil, mas a gente segue a vida. Talvez vocês não façam ideia do que significa para mim, mas eu agradeço por esse apoio.

Um silêncio se instaurou por alguns segundos. Bárbara começou um abraço coletivo ali mesmo na parte de trás da van e todos nós rapidamente aderimos. Clara chorou, alguns de nós também.

capítulo 21

'Oh darlin if you leave

Fiquei um bom tempo longe das redes sociais por motivos óbvios. Eu estava concentrado na recuperação da saúde do meu pai, tentava voltar à normalidade com a família. As coisas caminhavam, eu pensava nos meus estudos, ajudava minha mãe em alguns arranjos, fazíamos o jantar juntos, passávamos horas lendo e conversando, eu tocava piano para o meu pai se sentir bem. Um problema de saúde era terrível e confuso, mudava a minha perspectiva sobre tudo o que despencava ao meu redor. Estava com várias preocupações, achava que eles não percebiam (engano, eles eram atentos e me respeitavam até nos momentos de silêncio).

Uma coisa que me salvou foi ter continuado os estudos, mesmo no meio da loucura e entre ensaios e shows. Respirei fundo e me inscrevi para as provas de vestibular. Uma delas era na Universidade Federal de São Paulo, a 280 quilômetros de casa. Sempre fui bom aluno e, antes da Sweet, meu objetivo era entrar na universidade, estudar música, quem sabe me tornar pianista de orquestra e seguir a trajetória que minha mãe decidiu interromper na vida dela. Eu era tímido demais para aparentar minha ambição, embora ela existisse. Passei num dos primeiros lugares, a questão foi lidar com a distância da minha cidade. Tinha o dinheiro poupado durante o tempo de existência da banda. Isso serviria muito bem para que eu pudesse me instalar em uma república com outros estudantes, sem sobrecarregar as despesas de minha família. Meus pais ficaram orgulhosos, apesar de eu ter trocado a faculdade de música pelo curso de medicina veterinária. A mudança de ponto de vista tinha provocado em mim o desejo de tentar coisas novas. Resolvi dar um tempo com o piano. "A gente tem muitos talentos, filho. Que você seja feliz com todos eles é o que desejamos." Foram essas as palavras da minha mãe, enquanto me ajudava a arrumar a mala para a viagem. Seria meu primeiro mês longe de casa depois do final da Sweet. Desta vez, eu partia com um projeto mais longo e seguro, agora como universitário.

Não tive muita dificuldade para me adaptar. Conheci gente que nunca tinha ouvido falar da Sweet, tampouco curtia candy-pop, o que era ótimo. Vez por outra, alguém me perguntava algo dos tempos da fama. Desconversei em muitas dessas ocasiões.

Soube que Tom estava na Bahia para cursar medicina. Ele era bom em biologia de verdade. O pai era médico, a mãe, enfermeira. Eu pensava em Henrique insistindo na carreira como artista, assim como Clara e Julieta. Já Bárbara me confundia com tantas possibilidades que eu sonhava para ela e ao lado dela.

***

Depois que entrei para a Seo Chico, fiquei com vontade de começar um novo perfil nas redes sociais. Disfarçado e sem a necessidade de ter milhões de seguidores.

Amigos me seguiam; aquilo era o suficiente para mim. Na real, o interesse era encontrar Bárbara. Comecei a seguir pessoas que ela conhecia, mas fiz questão de começar a comentar no perfil oficial de algumas contas que nós dois seguíamos, músicos de que gostávamos. Eu queria deixar pistas para ela encontrar meu perfil novo. Certo dia, ao checar os *likes*, vi que tinha começado a ser seguido por um perfil chamado @suapessoasecreta. Achei o nome engraçado e fui dar uma bisbilhotada na página. Era uma conta privada, que estava curtindo uma única pessoa: eu. A página tinha somente uma publicação. Não aguentei de curiosidade e pedi amizade, que foi prontamente aceita. A página tinha uma foto. Era a mesa de um bar ou de um restaurante, com uma tentadora porção de batatas fritas, coberta por uma espécie de molho de carne. Um belo prato esperando para ser devorado. Estava tão compenetrado nas fritas que quase não reparei no detalhe mais importante: ao lado do prato, havia uma pulseira colocada estrategicamente na toalha branquíssima. A pulseira que foi da minha avó. A mesma pulseira que Bárbara usava em sua última noite de Sweet. A legenda dizia: "Lembra que o mundo, apesar de tudo, é cheio de bilhetinhos de amor".

Sim, só podia ser Bárbara, querendo dar sinal de vida. Meu coração foi a mil.

***

Pensei muito antes de mandar uma mensagem por *direct*. Para ter certeza de que era ela, resolvi escrever usando nossa velha mania de dizer coisas com canções. *"Oh darling, if you leave me..."*. Eu sabia que ela cantaria a canção e sentiria a falta que me fazia. A esperança de revê-la era imensa, mas a tristeza de não saber como isso seria possível me atormentava.

Queria escrever mais. Frases como "eu morro de saudade"; "volte logo, meu amor"; "fale-me tudo sobre você"; "deixe eu voltar a fazer parte de sua vida"; "não aumente o silêncio entre nós"; "não seja assim tão dura comigo, dói sua ausência"; "vamos subir as escadas, ver as estrelas juntos"; "mande um submarino amarelo para me buscar que eu largo tudo, tudo, tudo". Esperei ela ver, ler, dizer alguma coisa. Esperei ganhar uma chance de viver nossa história de um jeito menos doloroso. Bárbara não me mostrava um caminho e, no vazio, eu me perguntava se conseguiria compreender seus motivos.

Estava tão ansioso que fiquei sem dormir a noite toda. Igual a outras tantas, inclusive aquela em que nos despedimos (ou em que fui obrigado a me despedir). Nos tempos de banda, alguém ofereceria um comprimido que me apagasse. Para a minha vida atual, eu me convencia, com a lucidez da insônia, a pensar devagar. Transportei a ansiedade para escutar nossa *playlist*. Coloquei os fones. *Oh! Darling* por sorte foi substituída por *I put a spell on you*, e foi nessa hora que dancei abraçado com meu travesseiro, rodopiando no quarto. Mas depois veio Arnaldo Antunes com seu grão de amor e me quebrei, mil cacos, entrando no aplicativo de minuto em minuto para ver se a resposta chegava. Nada.

Fiquei em dúvida se devia escrever mais. Não achei seguro. Aquela conta poderia estar sendo monitorada pela polícia, sei lá. Tudo aquilo poderia ser uma armadilha da Mônica ou Monique para testar a minha capacidade de ficar de boca fechada. Por isso, resolvi recuar no meu entusiasmo.

Tinha quase que desencanado disso quando uma segunda foto foi publicada. Asfalto coberto de folhas secas. Fiquei examinando minuciosamente a foto para ver se enxergava alguma pista. Aquela rua poderia ficar em qualquer lugar do mundo. Seria um jogo de adivinhar? Não estava achando graça daquilo.

A boa notícia tinha virado uma tortura. Que lugar era aquele? Seria perto ou longe? Dane-se a Mônica ou Monique! Mandei um montão de mensagens pedindo que ela não fizesse isso comigo, que eu estava sofrendo com aquelas fotos, que eu precisava receber notícias, alguma resposta que fosse.

Não adiantou. Esperei semanas por uma mensagem que nunca chegou.

Uma coisinha antes do capítulo 22

Eu não vou tentar te convencer do meu amor

"Eu não vou tentar te convencer de nada. Talvez eu tenha que entender seu silêncio como uma despedida definitiva, pode ser que você esteja simplesmente dizendo que foi bom, mas que já não quer mais saber de mim. Eu não sei, espero que não seja isso. Mas a paixão é feita de fogo, a gente se queima. Se você quiser me procurar, venha. Se não puder vir, mande o mapa. Eu te quero, Bárbara. Mais até do que antes. Eu te amo."

A ansiedade acabaria comigo de uma vez. Eu não podia entrar na espiral daquele poço sem fim. Resolvi confiar em mim e seguir os meus planos diários. Bárbara conhecia os caminhos, sabia como encontrar a casa dos meus pais e até de alguns amigos na minha pequena cidade de interior. Seria simples chegar até mim. Se ela quisesse, se fosse possível, agora. No entanto, não podia mentir e dizer que eu estava ótimo, porque não era verdade. Ela precisava saber que a qualquer segundo eu poderia desabar, nós tínhamos vivido o forte impacto, a dor, a pressão esgarçando a gente em nossas fragilidades. Deixei a última mensagem e me fechei no novo-velho perfil.

Uma semana depois, a conta dela foi apagada.

capítulo 22

Total grog

O episódio da letra da música que Bárbara compôs ainda renderia muitas dores de cabeça. Lembro de uma tarde em que estávamos no estúdio de gravação e José Roberto chegou com uma nova música, *Beijos de caramelo*. O chefão não perdia nenhuma oportunidade de espezinhá-la.

– Antes de gravar, que tal pedirmos primeiro a opinião da nossa compositora? – tirava da pasta a caderneta de Bárbara, fazia movimentos pendulares com ela na frente do rosto e dava uma de suas gargalhadas nojentas.

Era sempre ela o foco de suas grosserias. Parecia ignorar o restante do grupo. Opinava sobre o figurino dela – e a mãe de Bárbara até se reuniu com as outras famílias para bater o pé, impedindo que as saias das garotas ficassem curtíssimas numa exibição desnecessária do corpo. Por mais de uma vez, José Roberto insinuou que poderia tornar Bárbara uma estrela com carreira solo se ela não fosse uma pessoa tão difícil. Comentários depreciativos passaram a ser normais em nossa rotina, e todos começaram a encarar essa violência como parte do jogo.

Julieta e Henrique se incomodavam com esse foco de José Roberto sobre Bárbara de outra forma. Julieta fazia questão de reforçar que sua voz tinha mais "corpo", que sua presença no palco envolveria mais os fãs, inclusive pela ousadia que fazia parte de sua performance. "Bárbara é normalzinha demais", era o comentário usual que ela fazia pelas costas.

O inconformismo de Henrique era por não ser queridinho, nem por José Roberto nem por Bárbara.

Tom conseguia estabelecer uma conversa mais franca comigo, muito embora ele fosse um sujeito extremamente racional com relação à carreira e aos contratos que tínhamos assinado para fazer parte daquilo tudo.

Clara me parecia vulnerável, e o que eu sabia sobre a sua vida me fazia deduzir que não era fácil para ela superar o passado de abandono que aparecia em seus olhos vez por outra.

Para todos nós, o sonho de formar uma banda de amigos começava a se tornar no mínimo questionável. Parte disso era por causa da pressão que sofríamos. O curioso foi demorarmos tanto para entender que a própria produtora jogava uns contra os outros para que a competição entre nós impulsionasse uma dedicação inquestionável ao projeto econômico que era a Sweet.

Logo depois de um show debaixo de muita chuva em Curitiba, estávamos os seis trocando abobrinhas em nosso grupo de mensagens, cada um em seu quarto de hotel. Bárbara digitou que alguém batia na sua porta. Explicou que o Fagulha, um assistente que tinha os cabelos ruivos, apareceu para dizer que José Roberto queria falar com ela imediatamente. Ficamos tentando adivinhar que tipo de bronca ela levaria. Não lembramos de nada que Bárbara tivesse feito de errado no show, mas ele sempre arrumava algum defeito para cobrar resultados.

Passou um bom tempo. Bárbara não retornou ao grupo para dizer o que havia acontecido. Na manhã seguinte, ela não desceu para tomar o café da manhã, o que achei estranho, principalmente porque nós dois ficávamos algum tempo sozinhos, antes que os outros aparecessem. Bárbara surgiu no saguão do hotel minutos antes de apanharmos a van que nos levaria para o aeroporto. De cabelos molhados debaixo de um boné cinza do New York Yankees, presente de uma fã que morava nos Estados Unidos, ela usava óculos escuros e um conjunto de moletom verde-escuro amassado. Parecia ter dormido vestida. Perguntei se ela estava bem e ela balbuciou alguma coisa que não entendi.

– O que o Don Corleone queria com você ontem? – quis saber. – Você não voltou mais para a conversa com o grupo.

– Conversa? Ah, sim. Eu não me lembro de nada...

– Como assim?!? – tomei um susto.

– Sei lá, acordei totalmente esquisita, com dores no corpo e não consigo me lembrar de nada... Só sei que alguém me tirou de lá do quarto dele e me levou para o meu.

– Quem?

– Não lembro, Theo. Quando entrei, José Roberto estava tomando uísque e perguntou se eu queria beber um suco, acho que foi isso, não sei.

– Mas o que ele queria com você? Tinha mais alguém lá dentro?

– Não sei, estou cansada, acho que é isso.

– Ele te esculachou, Báh? Criticou alguma parte da sua performance?

– Ele me elogiou, elogiou o show, lembro que disse alguma coisa sobre minha roupa, não sei bem. Hoje vomitei, vomitei, vomitei tanto que achei que as minhas tripas sairiam pela goela. Estou zonza, confusa, estranha. Meu corpo dói muito.

– Estranha como?

– Devo estar doente, alguma virose, deve ser isso – deu a entender que tinha encerrado o assunto.

Quando embarcamos na van, ela encostou na janela e dormiu profundamente, como se seu disjuntor tivesse caído.

Clara foi umas duas vezes perguntar se ela queria alguma coisa. Bárbara balbuciou que a deixasse dormir, apenas isso. E foi assim que ela ficou desmaiada no voo de volta, praticamente o tempo todo, dormindo. Tom perguntou se Tic Tac não tinha um remédio para melhorar a situação, mas ele achou melhor esperar e acompanhar como ela acordaria.

José Roberto estava sentado nas poltronas do fundo, mexendo em planilhas no seu notebook, junto com a diretora de gestão de pessoas da produtora. Repetia alguns de seus comentários usuais para que todos ouvissem: "Se não sou eu na vida desses moleques, tudo vai por água abaixo". Lembro que Henrique me olhou com aquele ar de desprezo quando eu cutuquei Tom, perguntando se os moleques éramos nós. Julieta só fez um aceno com a mão, uma maneira de dizer "deixa quieto".

Todos voltaram a mergulhar nas telas de seus celulares, como fazíamos o tempo todo em viagens, nos deslocamentos dos hotéis para os estádios, no camarim. Eu tentei focar o livro que estava quase no fim, atento aos sinais de melhora de Bárbara. Foi impossível me concentrar na leitura.

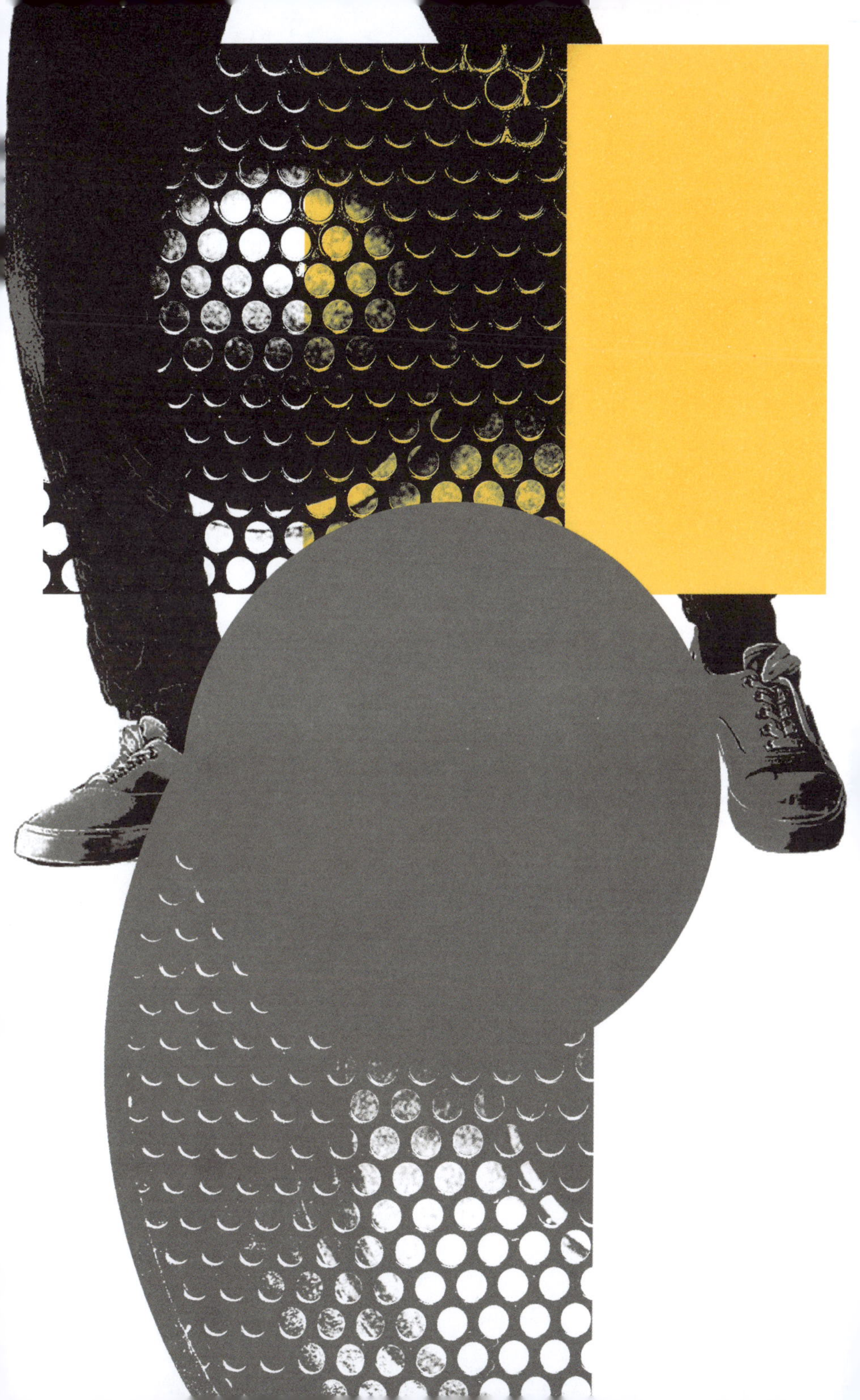

capítulo 23

Toda verda ainda a verd

De todos os integrantes da banda, tirando a Bárbara (claro!), eu me dava melhor com Tom. Ficamos *brothers* quando descobrimos que nós adorávamos Tim Maia, Michael Jackson, Cássia Eller, Beatles, Seu Jorge e, obviamente, o maestro homônimo de meu amigo, Tom Jobim. Além disso, estávamos preocupados em continuar com os estudos, discutíamos algumas fórmulas de química, passávamos um tempão nas conversas sobre genética e outras questões de biologia. Tom não era muito afetado pela literatura, mas começou a se interessar por minha influência. Tanto que, depois que a banda acabou, eu continuei mantendo contato com ele.

Tom passou por um segundo baque logo depois do fim da Sweet. Os pais dele se separaram. Casais se separam todos os dias, eu sei. Mas a mãe dele se apaixonou por um jovem infectologista que tinha sido contratado pelo hospital em que trabalhava. Ela saiu de casa, e foram morar juntos. Tom e a irmã ficaram divididos. Pelo que Tom me contou, o pai tentava disfarçar, dizendo que o amor é assim mesmo, chega sem avisar, acontece quando a gente menos espera. Que eles já não eram mesmo mais felizes juntos, aquela conversa de sempre. Apesar de querer manter a aparência de durão, o pai dele ficou bem deprimido com a ruptura. Um tanto chateado, Tom me disse que tinha ficado com bronca da mãe, que não queria mais vê-la, mas eu disse para ele esfriar a cabeça primeiro. Era preciso entender que ele continuaria sendo filho dos dois. Para ser sincero, eu não sei o que faria numa situação como essa. Filhos são egoístas em querer os pais juntos mesmo que eles não se amem mais?

Quando soube que Tom estava na cidade, insisti muito para que ele fosse ver um dos shows da Seo Chico e ele confirmou de pronto. Apareceu com a irmã, e os dois subiram ao palco, a meu pedido, para dar uma canja. Eu sabia que ela era soprano, estudava no conservatório mais respeitado de música lírica. Cantamos todos juntos *Strawberry Fields forever*, dos Beatles, e a pedido do público *Oh! Darling* encerrou nossa apresentação. Com o dinheiro que guardou do ano de Sweet, a primeira coisa que fez foi levar a irmã para Liverpool.

Trocávamos mensagens, dicas de bandas novas e antigas, e muitas das letras que Tom escrevia eu acho que fui o primeiro a ler. Ele queria que eu fizesse as músicas. Gostava bastante da poesia em suas composições, prometi que eu tentaria colocar melodia pelo menos em algumas.

– Se aquilo tudo acontecer novamente, ótimo – me disse. – Se não, que assim seja. Por enquanto, a certeza que eu tenho no coração, Theo, é que pertenço a esse lugar mais do que a qualquer outro.

– É louco isso – comentei –, todos perseguem o lado glamouroso da fama. É o que cada vez mais gente está buscando nas redes sociais. O sucesso rápido. Mas ele vem acompanhado também de um lado perverso, que nos deixa reféns. Tudo tem que ser exibido e compartilhado ou parece não ter sido vivido. A hora que acordo, escovando os dentes, o que comi em cada refeição, cortando o cabelo. Temos até que ficar justificando cada passo, osso!

– Verdade – concordou Tom. – Uma multidão trabalhando, de graça, todos os dias, sem descanso, para os donos das redes sociais ficarem bilionários. Inclusive eu. Nos nossos shows mesmo, os fãs estavam mais preocupados em gravar do que em curtir aquele momento.

Tom optou pela medicina, por influência dos pais, certamente. Não que não gostasse e pudesse se dar bem com os bisturis, mas ele pensava tanto em música que não me espantaria se anunciasse nova mudança de planos. E foi o que aconteceu. Tom me disse que largaria tudo para estudar produção musical na Inglaterra. Fiquei feliz por ele.

– Ganhei uma bolsa integral, incluindo a hospedagem e a alimentação. Só vou bancar as passagens.

– Uau, que máximo! – vibrei por ele. – Como seus pais reagiram, Tom?

– Cara, cheguei à conclusão de que não posso viver minha vida a partir das decisões dos dois. Minha irmã vai morar fora do país a partir do mês que vem. Foi convidada para integrar uma orquestra jovem no Leste Europeu.

– Quanta notícia boa! A Elis merece mesmo.

– Pois é! E o melhor é que nós estaremos no mesmo continente. Você sabe que a gente se dá bem demais.

A conversa seguiu sobre as nossas descobertas do novo cenário artístico, alguns planos de futuro, até que, em determinado momento, o nome de Bárbara veio à tona.

– Você deixou de ter notícias dela? – Tom estava curioso.

– Total. Ela sumiu de vez.

– Que bizarro, Theo. O que será que aconteceu para ela ter tomado essa decisão?

– Sei lá, acho que ela escolheu pela própria saúde.

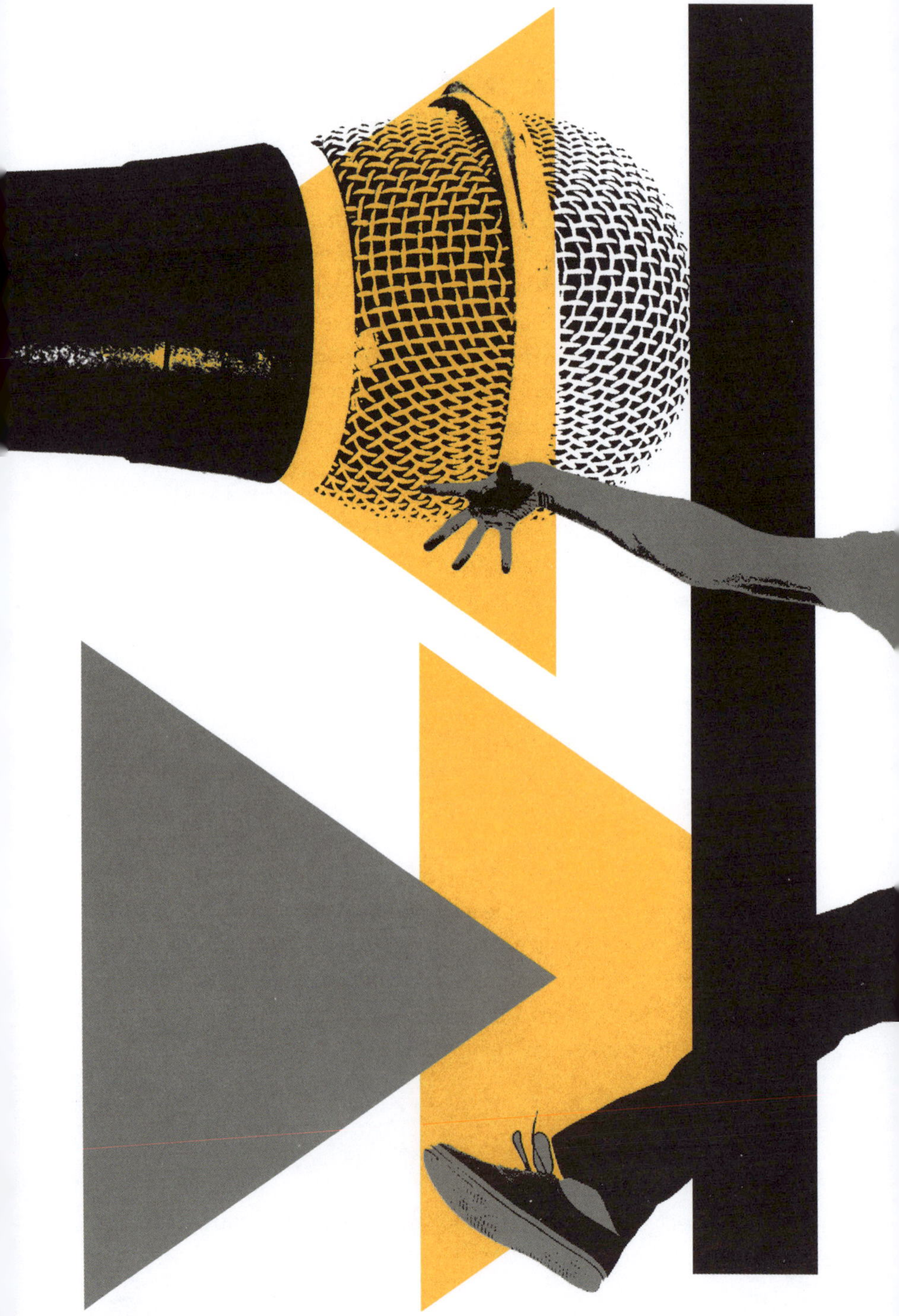

– Isso foi o que ela disse na entrevista. Não seja ingênuo. Ninguém joga para cima aquele sucesso todo assim por nada. Tem mais alguma coisa por trás disso!
– Tipo?
– Perseguição! Alguma ameaça, não sei. Não pode ser piração da cabeça dela, uma explosão capaz de detonar todos ao redor.
– Tom, uns policiais vieram num show para falar comigo. Fiquei assustado.
– Policiais?!? – arregalou os olhos. – Tô falando que tem algo nebuloso aí!
– Lembra daquela noite em que ela foi chamada no quarto do José Roberto?
– Mais ou menos. Ela tinha passado mal, não era isso?
– Ela me disse que não sabia o que tinha acontecido na noite anterior, reclamou que estava confusa. Nunca mais foi a mesma menina...
– Você acha que... – ele não esperou que eu terminasse de dizer a frase.
– Na hora, não achei. Ou, se achei, despistei da minha cabeça para não pensar numa coisa tão terrível. Mas, hoje, eu acho que sim. Algo violento aconteceu e nós deixamos Bárbara sozinha.

Depois falamos dos outros. Com o fim da Sweet, acabei me afastando de Henrique, sabia pouquíssimo sobre Clara e Julieta. Nunca fomos amigos de verdade. As informações que tive sobre os três eu vi em perfis que contam o paradeiro de antigos astros. Ou daqueles no ostracismo. O público parecia sedento em saber como cada um encarou a vida depois que a Sweet acabou. Como era voltar ao anonimato? Teria valido a pena ser celebridade por tão pouco tempo?

Julieta entrou para uma banda de música pop só de garotas e fez algumas poucas aparições em programas de TV.

Teve uma saída um tanto ruidosa por causa de uma briga com a baterista. Depois participou de um *reality show* de segunda linha, mas ficou apenas duas semanas no confinamento. O público parecia não ter engolido ainda o final da Sweet. A última notícia que tive era que, em sua busca incessante pela fama, Julieta estava tentando decolar a carreira de influenciadora digital. Ela perseguia o sucesso e não dava sinais de que desistiria assim tão fácil.

Henrique abandonou a carreira artística depois de duas tentativas de alçar voo próprio. Primeiro sozinho e depois com uma banda pop chamada Bitter's. Começou a trabalhar na empresa de cosméticos da mãe, uma ex-modelo de passarela bastante renomada. Como o pai dele tinha uma rede de academias de ginástica, e Henrique posava como garoto-propaganda dos cremes e dos halteres, o caminho já tinha sido traçado. Não se cansava de tentar se promover às custas de qualquer coisa. Chegou a dizer em entrevista que estava pensando em escrever um livro com "toda a verdade" sobre o apogeu e o fim da Sweet. Mas contar "toda a verdade" incluiria seus ataques de estrelismo e isso não faria nada bem a ele (eu pensei).

Clara passou por um longo período de depressão, mas eu só soube disso quando viralizou seu depoimento em um programa sensacionalista de televisão. Fizeram até meme do caso, tradicional falta de empatia. O mais espantoso foi ela ter se casado supercedo com um megaempresário de celebridades. Eu achei que ela ressurgiria como cantora, mas não. Completamente mudada, com ar mais leve, logo anunciou que estava grávida pelas redes sociais e se tornou uma influencer, discutindo assuntos sobre infância e maternidade. Fiquei feliz por ela. Fui ao lançamento do seu primeiro livro e recebi um abraço bem carinhoso. Clara nunca soube que guardei o envelope que ela deixou debaixo da porta de Bárbara.

Abri o envelope assim que me afastei. Não conseguiria chegar em casa com uma bomba daquela na mochila. Eu precisava saber. Clara escreveu muitas páginas, contando as dificuldades que ela e a família estavam passando depois do fim da banda. Ao que parecia, Clara tinha responsabilidades com muitas pessoas de sua família, e o dinheiro que ganhou não tinha sido suficiente para segurar a barra. Como solução, para salvá-la dessa situação, ela pedia que Bárbara assumisse a responsabilidade e considerasse lançarem juntas uma dupla de cantoras, a Clarabáh. Era o nome pensado, mas ela aceitava outras sugestões. O texto tinha um tom bem desesperado. Cheguei a cogitar ficar com a carta, mas preferi rasgá-la. Eu teria que contar a verdade para Bárbara ao entregá-la: "Olha, roubei, abri e li sua correspondência".

Uma coisinha antes do capítulo 24

Uma guloseima revisitada

Quatro meses depois da divulgação oficial do fim da Sweet, a produtora Luna anunciou o lançamento da Sprinkles Four. Sprinkles significa "granulado", aquilo que se coloca em cima de bolos e brigadeiros. A repetida fórmula do candy-pop tinha tudo para dar certo. Para começar, o nome de uma guloseima doce. A banda era formada por dois garotos e duas garotas, acho que um pouco mais velhos que nós. A vocalista era parecidíssima com Bárbara. Um dos caras era a cópia do Henrique. Não se deram ao trabalho de encomendar um novo logo. O símbolo da nova banda apresentava o DNA da Sweet, só que "revisitado". José Roberto era cara de pau até nisso.

capítulo 24

O amor não desi...

Tocamos três vezes o bis. O público, enlouquecido, não queria que a Seo Chico fosse embora. Muito menos Nestor, que estava radiante com o consumo em alta. Até que, exaustos, decidimos que era hora mesmo de terminar. Já estávamos havia quase duas horas no palco. Deixamos os instrumentos de lado, demos as mãos e agradecemos o público. As luzes do bar se acenderam, algumas pessoas se aproximaram e muitas pediram que voltássemos na semana seguinte para mais uma rodada de canções. Eu estava feliz de um jeito bem diferente daquela felicidade que eu pensava sentir quando ficava à frente de uma multidão. Eram nossas letras, nossa identidade na música. Fui dando meia-volta para sair de cena, mas antes, como fisgado pelo acaso, olhei para a última mesa e foi nesse instante que a vi.

Não tinha dúvida de que era ela. Os olhos faiscantes eram os mesmos, duas estrelas que eu insisti em buscar em sonhos, perdido em pensamentos. O nome dela pulsando dentro de mim: Bárbara.

"O amor não desiste", pensei. As pernas bambearam, o coração acelerou, a respiração ficou ofegante. Parecia que eu tinha subido uma escada correndo. Uma escada não, aquela escadaria que me conduziria de novo a Antares. As luzes do bar iluminavam os gestos calmos, suas mãos longas sem anéis, provavelmente desfilando as unhas com esmalte preto descascado de quem não está nem aí, como ela costumava ser em todas as ocasiões, cabelos bem curtos agora. Bárbara sendo bárbara.

Depois de dois anos de espera, eu não poderia chegar perto dela, enlaçar seu corpo com um abraço forte, beijar sua boca demoradamente até que nossos olhos se abrissem para acreditar no que estava acontecendo.

Não desviei a minha atenção com medo de que ela desaparecesse.

Ela percebeu que eu a reconheci. Fui me afastando do palco e me aproximando dela. No caminho interminável, algumas pessoas vinham me cumprimentar pelo show, elogiar as canções, e eu só respondia "valeu", e seguia.

Não sei ao certo quando foi que paralisei: e se ela não gostasse mais de mim? Estanquei por segundos eternos. O canto dos pássaros quando ela me chamava de "docinho", desmanchando as sílabas no céu da boca. Que gosto era ouvir sua voz. Os pés dela afundando na areia bem ao lado das minhas pegadas como dois namorados, o nosso primeiro beijo.

Tanto tempo sem notícias, sem conversarmos, sem sabermos um do outro. Não éramos mais os mesmos. Puxei uma cadeira para me sentar ao seu lado. Ficamos quietos. Olhos nos olhos por alguns segundos.

– Não acredito que é você – foi tudo o que eu consegui dizer.

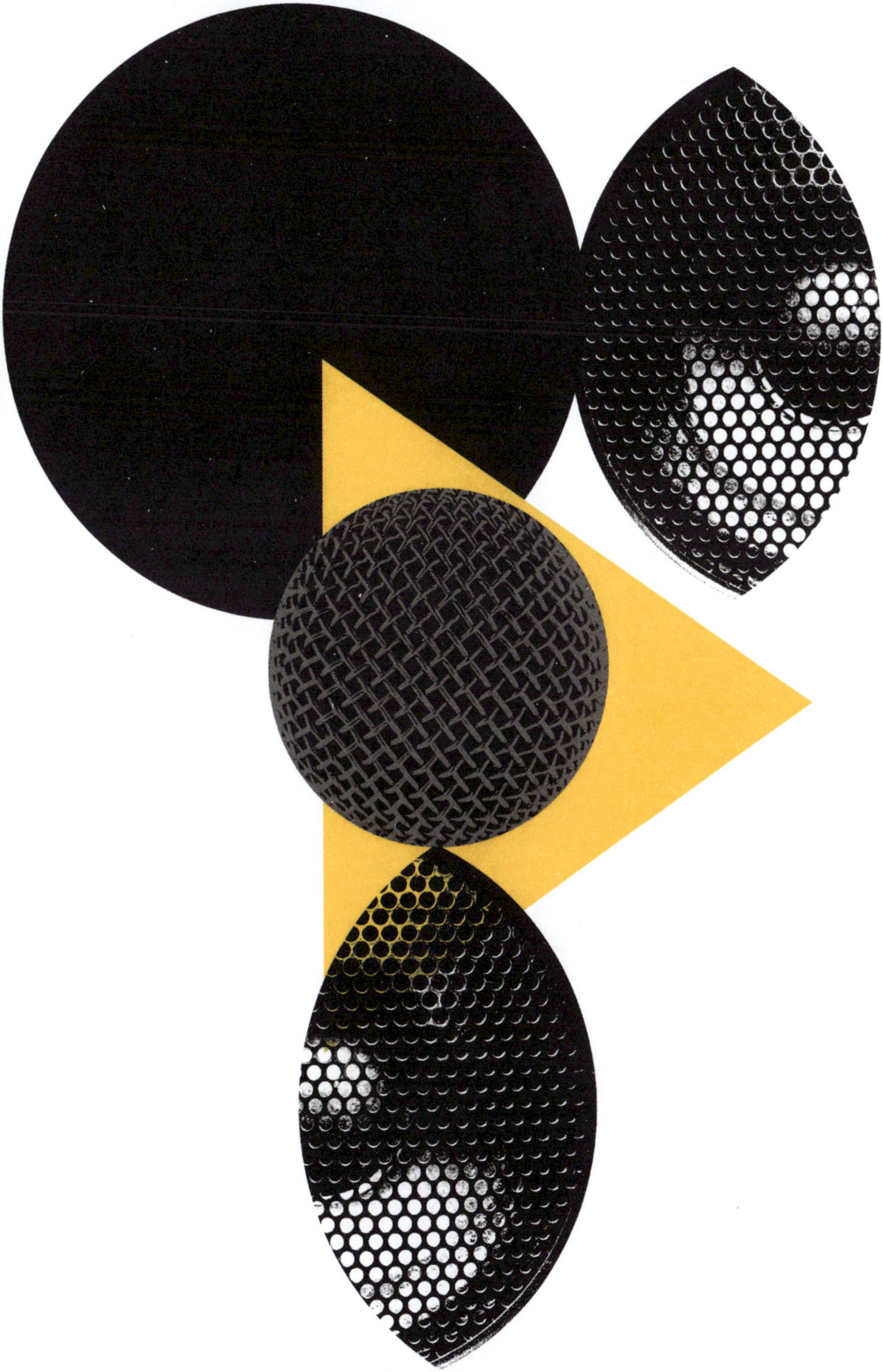

capítulo 25

Jamaica
imagina
aqui

Bárbara e os pais entraram na delegacia pela porta lateral, tratamento reservado apenas a autoridades, celebridades e pessoas altamente perigosas também. A garota estava com o capuz do moletom preto cobrindo os cabelos, óculos escuros, jeito de assustada. Eles foram conduzidos por um investigador até a sala da delegada, já à espera deles.

– Entrem, por favor. Sou a delegada Monique, muito prazer.

– Muito obrigado por nos receber, doutora Mônica – disse o pai.

– Monique.

– Desculpe, doutora Monique. Estamos muito tensos. Acredito que minha filha está correndo risco de vida.

– Calma, calma... senhor?

– Ah, me desculpe. Eu sou Vítor Viti.

– E eu sou Helena – apresentou-se a mãe de Bárbara.

Bárbara continuava em silêncio, como se estivesse sob efeito de calmantes, mas não estava. Tinha um olhar distante. Desde que entrou na delegacia, ela não havia tirado as mãos dos bolsos laterais do moletom.

— Ela acabou de voltar de um show em Curitiba, e o dono da produtora a chamou no quarto e ameaçou a integridade dela. Estamos com muito medo – contou o pai, aflito.

— Quer me contar o que aconteceu, Bárbara? – a delegada se dirigiu a ela pela primeira vez.

Enfim a garota quebrou o silêncio. Começou contando a discussão que ela e o chefe tiveram antes de um show em Fortaleza por causa da letra de uma música de cunho feminista. Disse como tinha sido humilhada e que ele lhe tomou seu caderno. Contou que todos da banda testemunharam a cena. Ficou com medo de que ele rasgasse ou jogasse fora as letras que havia escrito. Por isso, ela pensou num plano para recuperar a caderneta. A oportunidade apareceu numa viagem que o grupo fez ao Caribe e que teve a companhia do dono da produtora.

— A minha sorte é que havia uma brasileira chamada Balu trabalhando na recepção do hotel em que nos hospedamos.

— Sororidade – disse a delegada. – É ótimo perceber como mulheres ajudam mulheres.

— Sim, nós conversamos um pouco e expliquei o meu drama a ela. A moça pegou uma chave mestra e me ajudou a entrar no quarto dele. Também deixou a gravação das câmeras do corredor daquele andar pausada por uma hora. A senhora não acha que ela cometeu um crime por causa disso, não é? Ela estava tentando me ajudar e eu não posso prejudicá-la...

— Apenas continue, não se preocupe. Conte o que se passou, estou aqui para ajudá-la – disse a delegada. – Lembre-se sempre: sororidade.

— Quando devolvi a chave, entreguei a ela uma jaqueta da banda, que é o objeto de desejo dos fãs. Tem o S do nosso logotipo em dourado. Não está à venda. Como eu não tinha nenhuma comigo, peguei a do Theo.

— Qual o envolvimento do Theo nessa história?

– Eu não contei nada a ele. Tive medo de sobrar alguma retaliação. Tentei proteger Theo e os outros.

– Entendi. Então, ao entrar no quarto do dono da produtora atrás de sua caderneta de letras, o que você encontrou a mais? – perguntou Monique.

– Foi algo realmente impressionante. Jamais imaginaria aquilo.

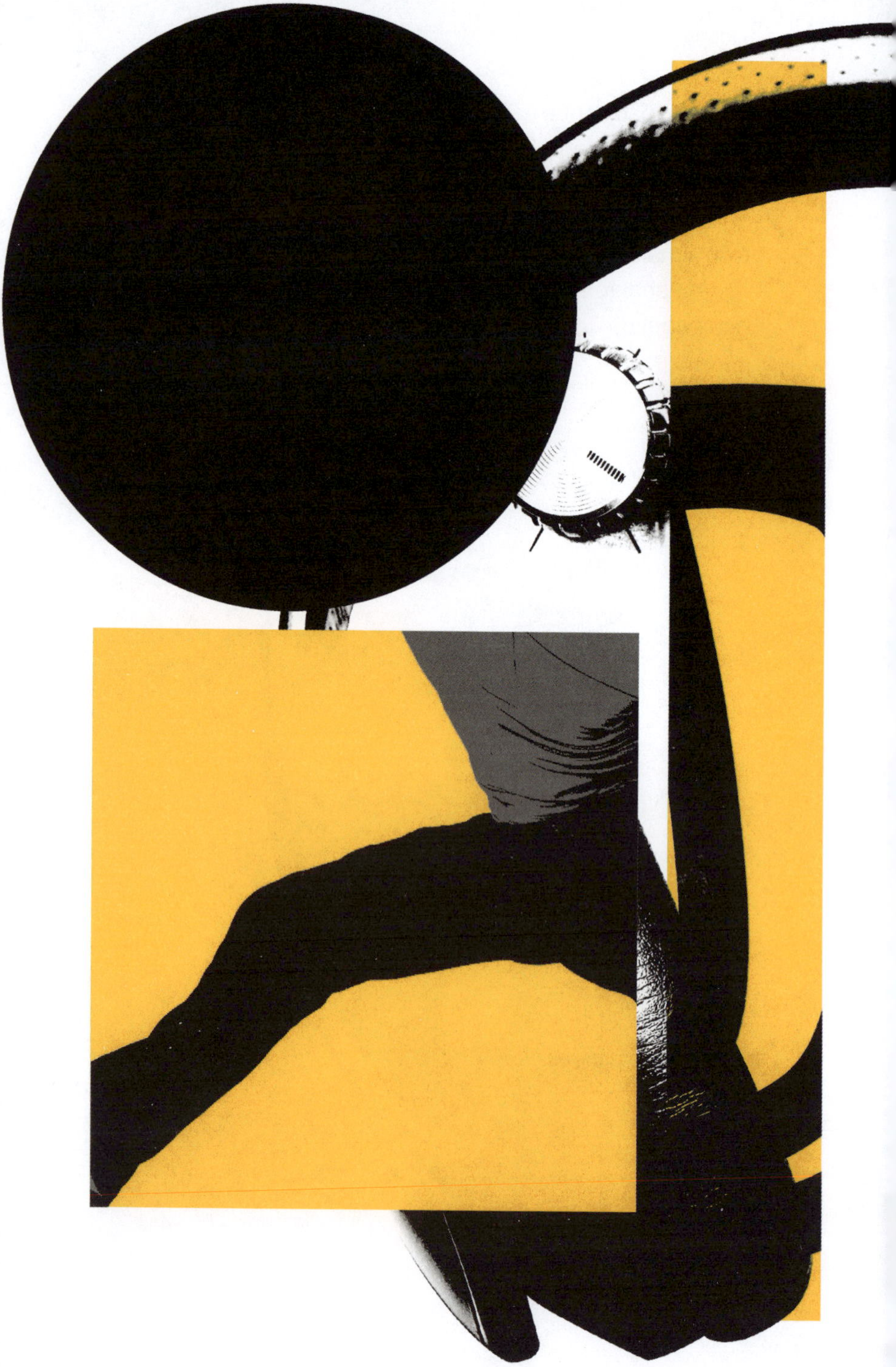

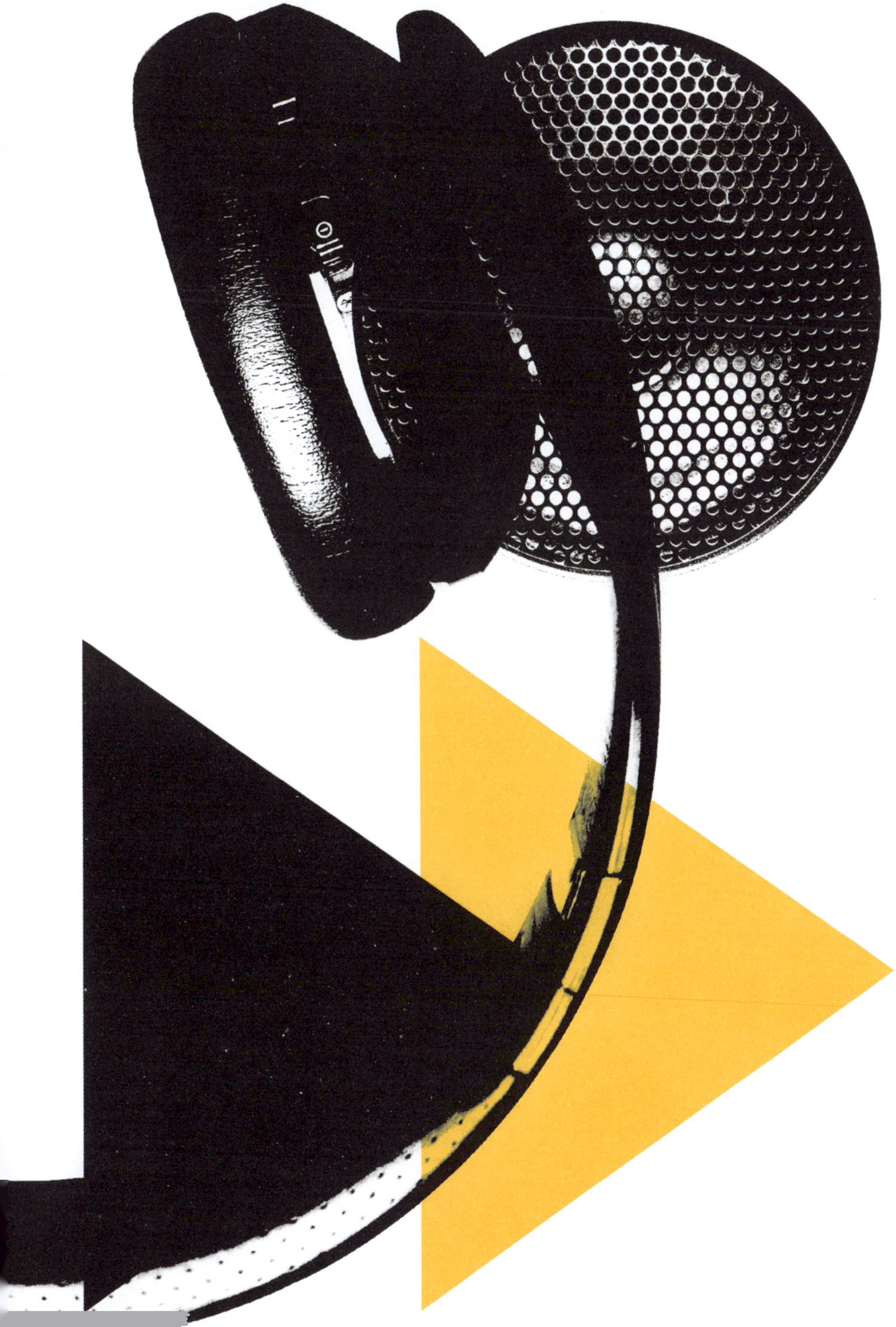

capítulo 26

A gente precisa ver

Estava paralisado diante da garota com quem eu descobri o que é amor. Depois de tanto tempo separados, eu queria dizer algo espirituoso, algo romântico, mas a minha primeira sensação foi de que éramos estranhos um ao outro, e de que ela me acharia ridículo mantendo a esperança de que existisse ainda uma história entre nós.

Por sorte, não precisei falar nada. Ela deslizou a mão sobre o meu rosto, tocou com o indicador os meus lábios, senti o seu perfume. Pegou na minha mão e pediu que eu fosse com ela. Para onde? Quem se importaria com isso agora?

Deslizei a mão sobre o seu pulso, estava lá a pulseira. Aquilo só podia ser um sinal... Ela me abraçou, rapidamente olhou para a tela do celular conferindo a placa do carro.

– Ali, docinho, nossa carona – disse com seu timbre de voz relaxante.

Tremi de frio e de calor. Quando entramos no táxi, ela fez cara de brava:

– Vim para cobrar pelos meus direitos autorais de *Rupi* – abriu um sorriso e me abraçou. – Essa letra é minha!

– Eu sei. Seu nome está nos créditos... Quando o crápula rasgou a folha e a arremessou no lixo, ela veio parar do lado do meu pé. Ainda bem que ele era ruim de mira. Eu peguei, guardei. Lembra que te contei que o papel estava comigo? Tenho uma caixa cheia de lembranças suas. Resolvi musicar a sua letra. Confesso que não foi fácil. Insisti porque sempre acreditei que *Rupi* traria você de volta.

– Abracadabra! Funcionou! Aqui estamos juntos de novo. Quando vocês tocaram a música no comecinho do show, eu chorei tanto que tive medo de você me ver com o nariz escorrendo – e riu. – Precisei sair do bar, respirar do lado de fora para me recompor.

– Eu não te perdoaria se tivesse ido embora, não de novo.

– Achei que não conseguiria voltar. Mas voltei. Precisava voltar a te ver e estar junto. Muito obrigada por esse presente, o mais bonito que já recebi em toda a minha vida. Essa letra eu fiz para nós dois. Quero cantá-la no seu ouvido, deixa?

– Vou ter de me beliscar para ver se tudo isso é verdade!

– Eu te ajudo – e me beliscou mesmo.

– Ai! Pode deixar que eu faço isso – e arrisquei um novo abraço, dessa vez mais lento, buscando mais do seu perfume em seus cabelos, a curva do pescoço que me enfeitiçou desde que eu...

– A última música! Achei demais. É sua, eu sei que é – ela interrompeu os pensamentos e o abraço. Bárbara estava elétrica.

– Sim, a canção é toda minha, letra e música. O nome é *Vende-se um amor não vivido*.

– Que triste! Você fez essa música para alguma namorada? – eu entendi na hora o que ela queria saber.

– Pra você! Eu fiz pra você, Bárbara – e encarei seu rosto para que ela visse que eu teria tido coragem de encarar o que viesse ao seu lado.

Ouça aqui
Vende-se um amor não vivido

— Para mim? — Bárbara arqueou as sobrancelhas e seus olhos brilharam de leve. Ela ficou surpresa de verdade. — Ah, como a letra conta a história de um amor não vivido, achei que era para outra pessoa.

— Mas, vivemos? — eu perguntei meio sem graça.

— Não o suficiente — ela me respondeu, tocando meu braço.

— Quer dizer que você vai ficar por perto?

— O que você acha?

— Não sei. Não tenho como saber.

— O que você quer? — ela me provocava.

— Tudo o que eu sempre quis!

— O quê? Fala logo ou eu desisto...

Foi a minha vez de interrompê-la, não com um dedo sobre seus lábios ou um abraço meio tímido. Segurei seu rosto entre as minhas mãos e a beijei. O risco era grande, então a beijei com vontade, sentindo seus lábios, as pontas dos seus dentes, a língua morna, macia e úmida dentro da minha boca. Ela me abraçou forte e abriu aquele sorriso de Mona Lisa que sempre me enfeitiçou.

— Theo, sua presença em minha vida foi um alento, uma alegria, uma janela aberta, um horizonte, uma casa no alto de um morro... uma praia onde se pode falar tudo para o mar.

— Está se despedindo? Foi ruim assim o meu beijo?

— Você me faz rir, docinho, ninguém nunca vai me fazer rir como você, misturando bobeira com gentileza, criancice com astronomia, a história inteirinha sobre os bastidores da música com alguma piada sem sentido nenhum. Seria muito estranho se eu não me apaixonasse por você.

Sorri. Ela continuava minha Bárbara. Suas palavras formavam frases perfeitas para quantas letras de canções ela quisesse escrever. Música que a gente se apaixona logo na primeira vez que ouve. Queria musicar tudo o que ela dizia. Apaixonada por mim? Ouvir a voz dela dizendo aquilo me dava uma paz. Tinha tanto a perguntar a Bárbara. Falei que ela estava diferente (linda como sempre e mais e mais). Falávamos feito dois loucos. Não prestei atenção no caminho.

— Estamos quase chegando. Posso? — e fez menção de colocar as mãos para tampar os meus olhos.

— Não precisa. Prometo que não vou abrir. Confio em você.

***

Depois de cerca de cinquenta minutos de depoimento, Bárbara terminou contando para a delegada que, na sala de embarque no aeroporto de São Cristóvão e Névis, José Roberto a puxou de lado. Ele disse que alguém tinha entrado em seu quarto na noite anterior e levado algo muito importante para ele. Pensando em diferentes possibilidades, ele lembrou que Bárbara não havia descido para o café da manhã naquele dia.

Ela contou que respondeu a José Roberto que estava com cólica, e ele emendou: "Também acho que você é medrosa demais para fazer algo assim. E, no dia em que você resolver entrar no meu quarto, que seja para outra coisa. Você só tem a ganhar. Garanto que não vai se arrepender".

A delegada Monique ficou realmente preocupada com o relato completo de Bárbara. A família tinha motivos para estar daquele jeito.

— Vamos abrir uma investigação para apurar a sua denúncia, Bárbara. Ele parece ser perigoso mesmo. Você precisa deixar a banda imediatamente...

— Foi o que eu disse para ela — assentiu a mãe.

— Mas, para não levantar suspeitas por enquanto, precisamos de um plano — disse a delegada.

– Um plano? – surpreendeu-se Vítor.
– É, uma desculpa para sua saída repentina. Algo como: não aguentei a rotina de ensaios, de shows, de viagens... Gosta da ideia? Desviar o foco da verdadeira razão para seguirmos com a investigação.
– A produtora, os advogados da produtora e José Roberto vão vir para cima de nós, tenho certeza – preocupou-se o pai.
– Quando é o próximo show? – perguntou Monique.
– Depois de amanhã, aqui em São Paulo, na Arena Panamby.
– Bárbara terá que sair da banda hoje mesmo, não vamos correr riscos desnecessários – avisou a delegada.
– Cuidaremos de esconder vocês em algum lugar. Essa investigação pode demorar um pouco. Vamos precisar do depoimento da Bárbara mais adiante.
Bárbara tirou o capuz pela primeira vez e disse que tinha apenas um pedido a fazer.
– Preciso ir para o hotel em que a banda está hospedada. Não posso desaparecer sem me despedir do Theo. Só peço isso!

***

Descemos do táxi. Ela me guiava. Eu ainda estava flanando com aquele reencontro. Passamos por um salão que parecia vazio. Entramos no elevador. Eu continuava de olhos fechados.
– Pode abrir os olhos. Preciso que você decida se quer ou não dar os próximos passos, Theo.
Quando vi, estávamos diante do último lance de escadas para o terraço do hotel de nosso último encontro.
– Estou hospedada aqui – Bárbara piscou o olho esquerdo.

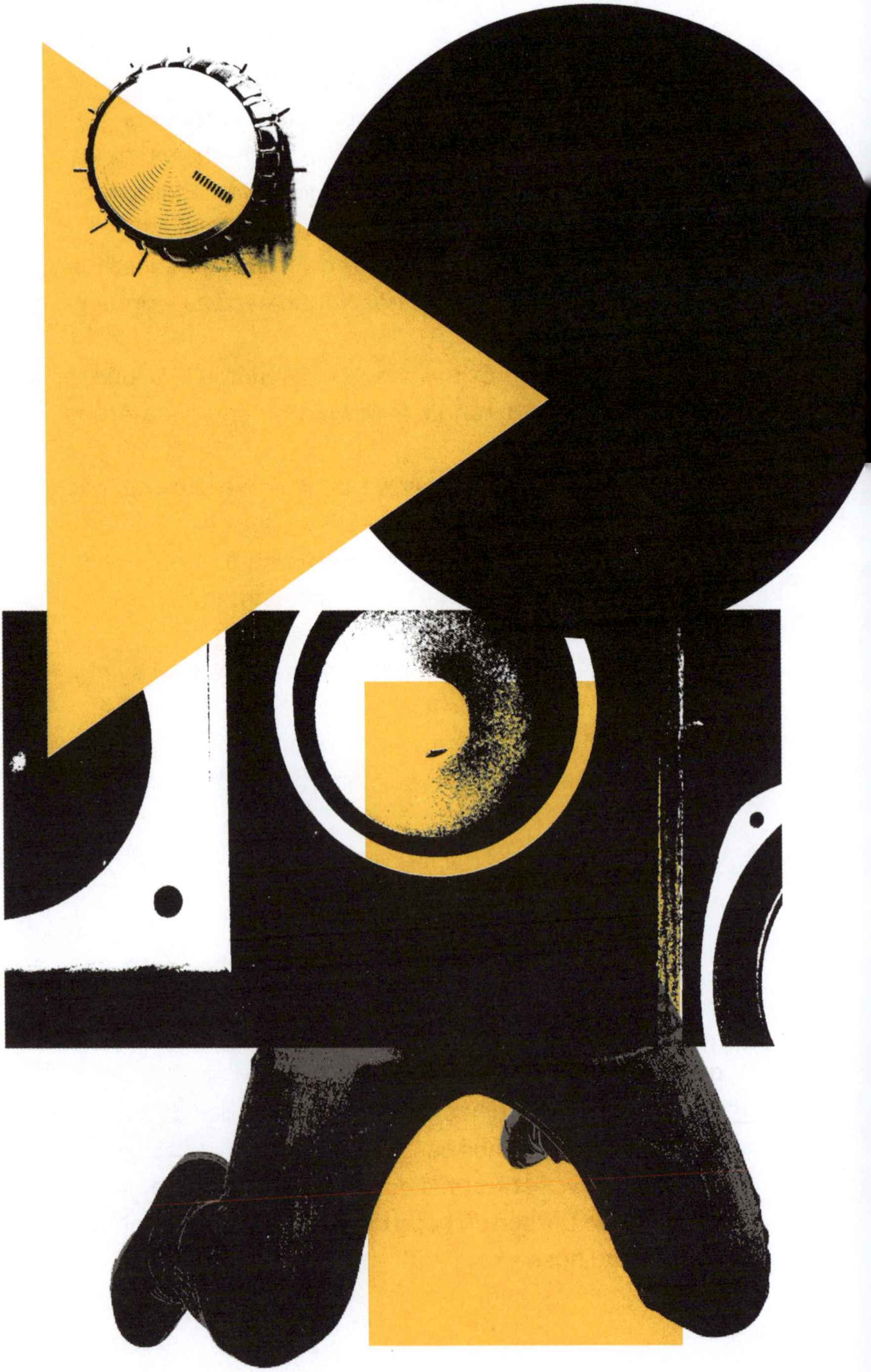

Vimos o estádio de longe.

– Quero te beijar. Posso? – ela perguntou.

– Para você, eu sempre digo s... – e me beijou com sua boca inesquecível antes que eu terminasse a frase.

– Estamos livres, sente? Livres para beijar, abraçar e dizer as coisas que queremos dizer.

– Sim. Isso é ótimo, eu sei, demorei um pouco para perceber, mas tenho certeza que não trocaria essa liberdade por nada.

– Você pensou que eu não passava de uma mentira? – ela me provocou.

– Nunca.

– Não duvidou que eu voltaria?

– Ah, isso eu duvidei – fui sincero. – Muitas vezes eu pensei que você não existia, que eu tinha te inventado.

Ela enfiou a mão no bolso do vestido, tirou de dentro um embrulho pequeno feito com papel de seda azul. Desdobrou com cuidado até exibir um broche com a constelação de Antares.

– Comprei uma constelação só para ter certeza de que voltaríamos aqui para ver as estrelas – ela colocou o broche no bolso da minha camisa. – Ficou perfeito: um escorpião. Falta o escorpião abraçar sua peixinha e se prender a ela bem forte, desafiando os astros.

Abracei Bárbara e disse que gostaria que ela morasse dentro do meu abraço para sempre.

– Eu queria ter sequestrado você – me disse. – Mas o que falariam os jornais sobre a garota que sequestrou o pianista bonzinho, hein? Como foi aquele show?

– Um desastre, claro, como você sabia que seria depois da sua partida.

– Não sabia, não.

– O público queria você – decretei.

– Não vem, não. Cansei de ver fãs nos *lobbies* de hotéis

atrás do senhor... – e exibiu na voz uma pitada de ciúmes que me fez ruborizar.
— Foi engraçado ver aquela turma da produção possessa com você.
Bárbara deitou-se no chão. Exatamente no lugar em que conversamos pela última vez. Em poucos segundos voltamos à posição em que nos despedimos, mas com a sensação de que, agora, seria diferente.
— Precisava muito ver você.
— Por quê?
— Porque você precisa saber que eu parti te amando e que vivi esse tempo todo contando os dias para voltar – e tocou a pulseirinha que eu dei de presente como se lembrasse de coisas boas e ruins.
— Qualquer lance que você me contar não vai mudar o que temos agora, Báh, o que tivemos sempre. Eu estou aqui contigo e não pretendo deixar você escapar da minha vida como um cometa que vai voltar depois de décadas.
— Não demorei por vontade própria.
— Eu sei, desculpa...
— Olha lá: Antares!
— Tem certeza?
— Baixei um aplicativo no celular que identifica as estrelas. Quer ver?
— Existe isso? Claro que quero! Sou muito curioso.
— Antares, Theo, nítida como o sol ou até mais, porque podemos olhar para ela sem ter que fechar os olhos. Eu disse que voltaríamos – e, num movimento quase infantil, ela se virou e subiu em cima de mim, me prendendo entre as suas pernas, para me beijar mais uma vez.
— Você vai me contar o que aconteceu?
— Eu vou. Escrevi uma longa carta para você. Aqui está!
Tirou da bolsa três folhas de papel manuscritas, muito bem dobradas, e me entregou.

– Você vai ler palavras tristes e miseráveis, que vão te deixar com raiva. Vai saber sobre como passei noites em claro. Coisas que me fizeram mal, e que eu só descobri que eu poderia reagir depois de ter sentido o fundo do poço a um palmo do meu nariz. Contar que eu tinha decidido não cantar música nenhuma nunca mais. "Nunca mais" é um tempo longo e a gente se arrepende de pensar que existe dor para sempre.

– Queria ter conseguido te ajudar de alguma maneira...

– E me ajudou! Tanto que eu estou aqui sorrindo para as estrelas ao seu lado, beijando sua boca linda, deitada sobre você no chão de um terraço de hotel. Pena que as estrelas não vieram aqui como testemunhas. O céu está muito carrancudo. Se chover, eu te levo para o meu quarto, Theo, e protejo você para que não derreta, meu torrão de açúcar.

– Eu soube ser forte por nós.

– Eu sei. E quem disse que pessoas doces não sabem ser fortes?

Não consegui responder. Apenas desenhei um coração com a ponta dos dedos. Bárbara sempre foi mais espontânea. Eu a queria, todinha só para mim. Talvez não importasse falar sobre o que foi motivo para nossa separação, não naquele momento. Mas eu não aguentei de curiosidade e comecei a ler a carta.

capítulo 27

Uma história para vi

O escrivão entregou o papel para a delegada Monique. Ela disse que leria o depoimento de Bárbara em voz alta. Se estivesse tudo de acordo, os pais poderiam assinar.

– "Bárbara Viti, uma das integrantes da banda Sweet, esteve nesta delegacia, na presente data, na companhia de seus pais, para prestar o seguinte depoimento à delegada Monique Brigatto. Em viagem a Fortaleza, conta Bárbara que teve seu caderno de letras de músicas violentamente arrancado de suas mãos pelo diretor-geral da produtora Luna, senhor José Roberto Bragança Júnior. Por se tratar de algo de elevado valor sentimental, a depoente ficou extremamente nervosa e decidiu retomar o caderno a todo custo. Isso se deu na ilha de São Cristão e Névis, no Caribe..."

– É São Cristóvão e Névis – corrigiu Helena.

– Certo, é verdade, vamos arrumar isso e também incluir os números dos documentos. O mais importante é verificarmos agora o seu relato, tudo bem, Bárbara?

– Sim, claro.

– Perfeito. Voltando: "Isso se deu na ilha de São Cristóvão e Névis. Com auxílio de uma funcionária do hotel, conhecida pelo apelido de Balu, conta que conseguiu acesso ao quarto do senhor José Roberto. Dentro do quarto, ela viu algo suspeito. Era uma pasta vermelha, que estava ligeiramente aberta. Afirma que a cor da pasta lhe chamou atenção, e foi nesse momento que constatou uma coleção de fotos de jovens garotas, todas aparentemente com a mesma idade. A depoente relata que percebeu que as jovens pareciam ter sido fotografadas desacordadas".

– Uma delas eu reconheci dos dias de testes para a formação da banda – explicou Bárbara.

– Entendi. Por favor, escrivão, vamos incluir essa informação também – pediu a delegada. – Posso continuar? "Uma das jovens foi reconhecida como participante da seleção do concurso para formação da banda Sweet. A pasta estava aberta ao lado de um notebook, equipamento que a depoente reconheceu de imediato como de propriedade do senhor José Roberto. Ao esbarrar no notebook, viu na tela um vídeo com a sua própria imagem. Era uma espécie de clipe com closes de partes de seu corpo, gravados durante suas apresentações. Assustada, ela resolveu deixar o quarto imediatamente, antes que o senhor José Roberto aparecesse e a flagrasse em seu aposento."

– Ela tremia tanto que nem se lembrou de fotografar a pasta de fotos ou a tela do notebook – acrescentou o pai.

– Não precisamos incluir essa informação por enquanto – disse a delegada. – Vou prosseguir com a leitura: "Antes de sair, Bárbara diz que lembrou o motivo de seu ingresso no quarto do diretor da produtora, razão pela qual observou os outros móveis e percebeu o caderno, de capa lisa e na cor preta, sobre uma mesa de apoio. Ao pegar o caderno, sem tempo de verificar seu conteúdo, a depoente diz que deixou o recinto ainda muito nervosa. Já em seu quarto, descobriu que havia apanhado o caderno errado.

O caderno continha diversas anotações sobre acordos e contratos pactuados em nome da Sweet, mas que eram completamente desconhecidos pelos integrantes da banda. Por esse motivo, a depoente resolveu esconder o caderno em sua mala para se livrar dele ou entregá-lo a seus pais".

– A coitada nem dormiu naquela noite de tanto medo – comentou a mãe.

A delegada continuou lendo:

– "Declara que percebeu que o senhor José Roberto deu por falta do caderno porque o comportamento dele passou a ser mais agressivo do que o habitual. Disse que soube, por comentários da própria funcionária do hotel, que ele teria pedido à gerência imagens de vídeo do corredor de seu quarto. Balu teria afirmado para a depoente que ela desligou a câmera antes de entrar no quarto do diretor da produtora acompanhando Bárbara na busca pelo caderno. A depoente contou que Balu ficou na porta de vigia e não entrou no quarto, mas pôde ver a pasta sobre a mesa e reagiu com curiosidade sobre o seu conteúdo, formulando questões a respeito."

Monique tomou o restinho de café que ainda havia na xícara antes de terminar a leitura do boletim de ocorrência:

– "Bárbara explicou também que foi confrontada pelo senhor José Roberto no aeroporto sobre o caderno e que se fez de desentendida, temendo muito por sua segurança. De volta ao Brasil, envergonhada com o vídeo e com medo da reação dos pais, a denunciante guardou o caderno e não falou sobre o assunto com ninguém. Continuou com a banda como se nada tivesse acontecido. Apenas no dia de ontem, ela tomou coragem para relatar aos pais tudo o que havia se passado na viagem ao Caribe e também quando o denunciado a chamou para ir até o seu quarto depois de um show em Curitiba."

— Ele chegou a segurar minha filha pelos cabelos, doutora. Fez outras insinuações de que pretendia continuar insistindo até conseguir o que queria. Ela está constrangida para dizer, afinal isso aqui é uma delegacia e o senhor, peço desculpas, é escrivão, mas é homem – declarou a mãe da cantora.

— Peço desculpas por isso, Bárbara. Peço desculpas aos seus pais, inclusive. A única escrivã mulher que trabalha comigo está de licença-maternidade. Mas meu companheiro de trabalho aqui tem três filhas e nunca me decepcionou nessas questões de violência contra mulher. Precisamos saber de tudo para colocarmos esse criminoso na cadeia.

Bárbara abaixou a cabeça e, assim, sem olhar para ninguém, teve coragem de contar que José Roberto passou a mão em seus cabelos e que a segurou por alguns segundos pelo pescoço. Disse, bem perto de seu ouvido, que queria beber alguma coisa com "a sua estrela". Se fosse uma "boa garota", ele faria dela a cantora mais famosa do mundo. As lágrimas escorreram, a delegada pediu uma pausa para um copo de água. O escrivão foi pessoalmente buscar os copos plásticos para servir a família.

— Tenho vergonha por todos os homens que agem assim, menina. Posso garantir que a doutora não vai deixar esse sujeito escapar ileso e eu vou ajudar nisso – disse o escrivão com convicção.

— Quando olhei o caderno, eu vi que esse homem estava nos assaltando à luz do dia. Os contratos apresentados a nós foram todos subfaturados – reagiu o pai. – Mas, quando Bárbara nos falou do vídeo e de todo o assédio, moral e sexual, decidimos que ela não poderia ficar nem mais um minuto lá dentro. Esse homem é... é um...

— Criminoso! – completou Monique. – Sim, um criminoso. Agora é juntarmos provas. Teremos que fazer uma

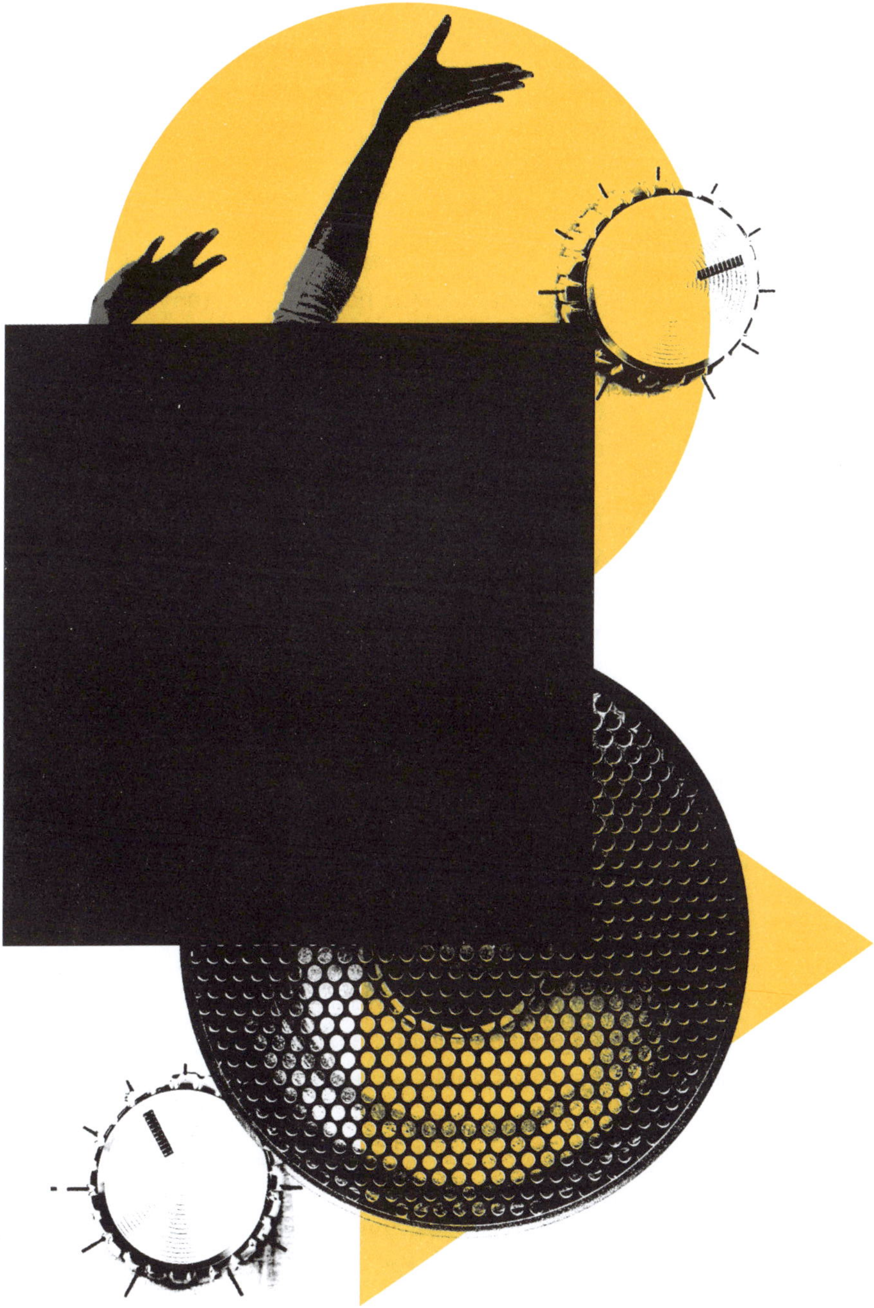

perícia do caderno. Podemos ter aí uma série de crimes fiscais, de sonegação de impostos. Mas serão duas investigações distintas. Ao que tudo indica, temos um assediador de jovens.

– Ele é um monstro – começou a chorar a mãe de Bárbara. – Ele precisa ser preso.

– Concordo – disse a delegada. – Prometo fazer tudo o que estiver ao meu alcance. Mas, por enquanto, temos que manter segredo sobre essa operação. Não será fácil juntar provas e testemunhas. Em geral, as vítimas se sentem envergonhadas, se culpam até pelo assédio que sofreram. Ficam frágeis quando descobrem como foram expostas.

– Eu vou colaborar, prometo, só quero voltar ao hotel e falar com Theo.

– Olha, Bárbara, você poderá se despedir de seu amigo. Mas precisa sair de lá depressa. Não diga nada sobre o que descobriu, combinado? Vamos colocar uma agente para lhe dar cobertura.

– Não vou comentar nada com ninguém – jurou a garota. – Nem mesmo com o Theo. Não quero que ele se envolva nisso.

– Tem certeza de que quer fazer isso, filha? – perguntou o pai. – Pode ser arriscado.

– Não vou embora sem me despedir do Theo – foi enfática.

– Ficaremos na esquina do hotel, aguardando sua mensagem, filha – avisou a mãe.

– Pena você não ter feito fotos da pasta, da tela do computador, Bárbara. Poderíamos chegar mais facilmente às provas – lamentou Monique. – Teremos que colocar você num lugar seguro até evoluirmos na coleta de provas contra esse José Roberto.

– Clara e Julieta também correm riscos? – perguntou Bárbara. – Estou preocupada com elas.

– Pelo seu relato, acredito que você é o principal alvo dele. Mas vamos monitorar todos os integrantes da equipe, não só as duas garotas. Não podemos deixar vazar o que já sabemos, mas tenho os meus meios de convencimento e vou dar um jeito de colocar alguém na cola desse José Roberto, bem perto mesmo. Não quero que o sujeito destrua as provas.

capítulo 28

A gen junto melhora vida

Cansada, **Bárbara** cochilou ao meu lado enquanto eu lia a carta. Olhando para dentro da noite, fiquei rememorando cada detalhe do que tinha acontecido nas últimas horas. "Amar você é muito fácil, Báh", eu disse baixinho para que ela não acordasse. Reli então o relato que esperei por meses e meses. Poderia até dizer que já sabia quanto durava uma eternidade.

Escorpião é um signo e tanto. Li um monte de artigos a respeito. Algumas coisas combinam com você, outras não. Talvez seja bobagem esse papo de signos, mas era o jeito que eu tinha de imaginar o que estava rolando na sua vida. Não me surpreendi quando você publicou sobre a nova banda, cantando coisas que escrevia ao lado de amigos, sem ligar a mínima para ter público ou seguidores em redes sociais. Você sempre foi apaixonado pela música, mais do que todos nós. Médico-veterinário? Acho bonito, amo animais. Eu não sei se desisti de ser cantora. Passei bastante tempo negando esse desejo até que veio aquela fúria: querem que eu desista ou sou eu que desisti de mim? Na verdade, hoje eu tenho muito mais convicção do que eu tinha quando fiz o teste para entrar na Sweet. Agora eu sei quem eu sou. Mas a minha ligação com a banda definitivamente não era a fama. Era vontade de escrever as minhas canções e cantar.

Nesses dois anos de exílio forçado, estudei música como nunca. Uma professora francesa, chamada Virginie, me ajudou com aulas incríveis, você vai adorar conhecê-la. Até porque ela é pianista como você. Ah, e o signo, ela é de Peixes. Sabia que a constelação de Peixes é uma das maiores em extensão? Não sei se é verdade. Você sempre foi melhor em descobrir essas curiosidades. O engraçado é que a constelação de Peixes é uma história de amor de Poseidon. Acho que a melhor parte do meu lance com os signos do zodíaco são os mitos. Sempre gostamos de conversar sobre deusas e deuses, lembra? Temos assuntos pendentes para serem tratados nos próximos setenta anos. Ou mais! Faremos canções sobre nossas aventuras juntos, Theo, muitas delas serão sobre constelações.

Quando a gente caminhou pela primeira vez na praia, como dois fugitivos, eu senti que passaríamos muitas vezes perto das estrelas, do mar e do céu. Não foram poucas as vezes que inventamos algumas, misturando histórias antigas e inventando outras. Senti tanta saudade de falar com você, rir com você, beijar você rapidinho antes que nos vissem. Tentei fazer uma canção sobre isso, mas rabisquei poucas linhas. Talvez a gente termine de escrever essa letra e faça outras canções mais alegres juntos também.

Mesmo quando dói, é bonito sentir como a tristeza vira poesia, letra, canção. Parece que toda experiência tem muitas faces, nunca podemos dizer

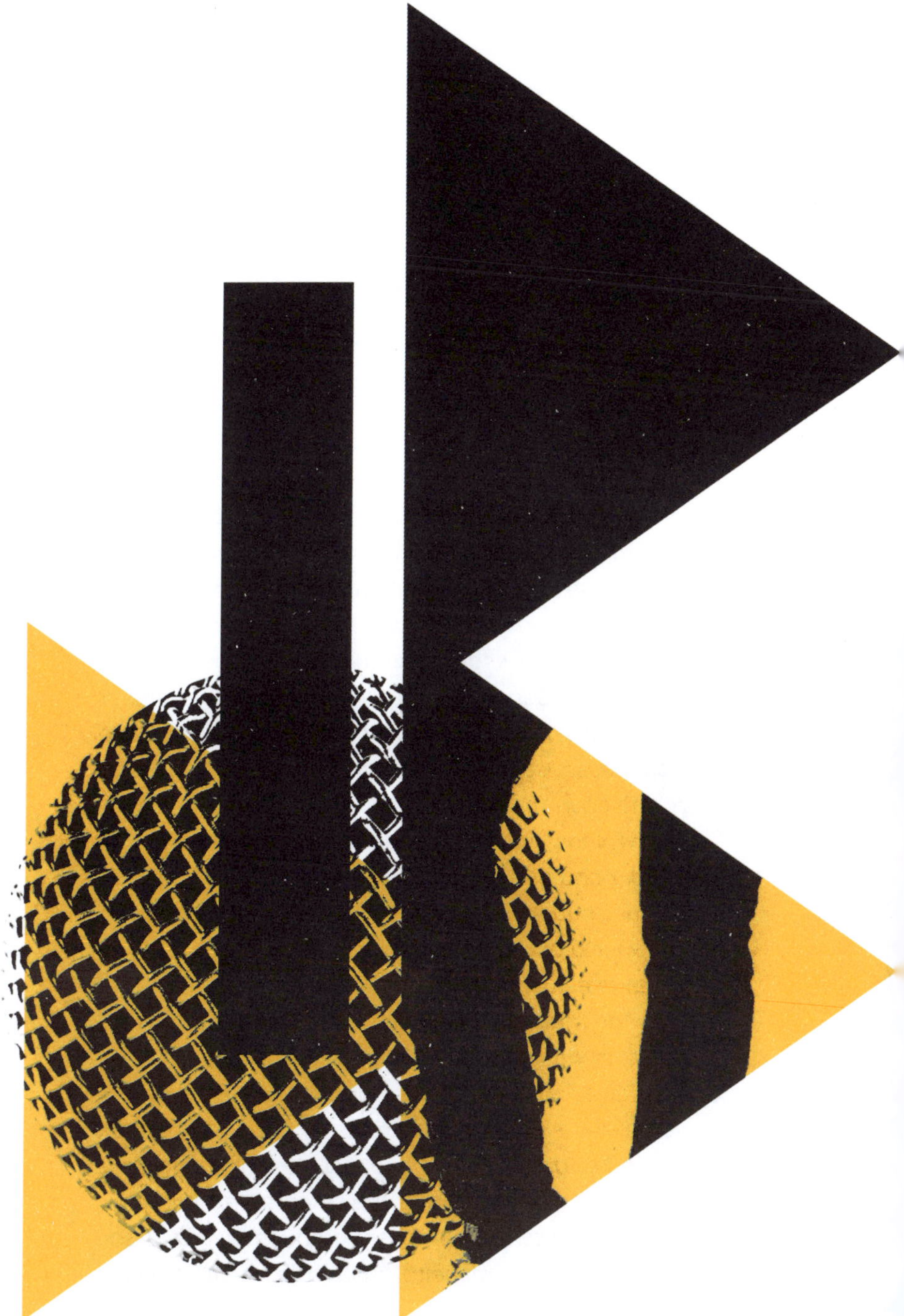

que tudo está perdido. Você me chamava de otimista. Até debaixo de uma megachuva. Engraçado, vivemos coisas incríveis no tempo da banda. Gravações em estúdio, clipes, fãs correndo atrás da gente e os seguranças sem saber o que fazer porque "nunca recusaremos um pedido de autógrafo sincero". Nosso lema número um de astros do pop. Nada estava pronto, Theo, a gente teria que fazer tantas coisas para construir o que fosse nosso... Depois do fim ou antes? Calma, estou falando do fim da nossa banda e daquela rotina insana, que roubou a vida real da gente.

Nunca recuperei minha caderneta com as letras, mas consegui reescrever as músicas que eu lembrava. Acho que a gente se lembra do que é importante. Espero que seja assim. Tem coisa na minha vida que um dia eu vou esquecer, farei tudo para esquecer.

Esta carta escrevi quando resolvi que estava na hora de reencontrar você. Eu não pude escrever antes, mas tentei deixar bilhetes de amor naquela @suapessoasecreta. A pulseira ao redor do meu braço me dava forças para continuar. E o chão, coberto de folhas, era um jeito de dizer que eu estava por perto. Acho que você não viu direito a fotografia, tinha um papel no chão, um ingresso de teatro. Senti um aperto enorme no coração, fui proibida de revelar onde estava. Nesse tempo todo, a delegada – um amor de mulher – conseguiu fazer importantes progressos para garantir provas suficientes.

Talvez seja difícil falar disso, Theo, mas com a gente vai ser sempre papo aberto, sem medo de dizer nada. Você é meu amor e meu melhor amigo, sabe disso, não sabe? Por isso, serei sempre transparente e você poderá ser também comigo, quero que você saiba de tudo a meu respeito, quero saber tudo de você.

E então teve aquele dia em Curitiba. Entrei na van totalmente grogue, anestesiada e sonolenta. Ele tinha me dopado e pretendia fazer as piores coisas comigo. Tenho apenas alguns relances de memória. O medo tomou conta de mim. As mãos dele no meu rosto. Eu não conseguia reagir, só chorava. Tive sorte, muita sorte. A chefe de produção deu uma leve batida na porta, ele não tinha trancado, e foi só ela abrir. Amélia impediu que aquele homem prosseguisse com seu plano. Esse acontecimento me atirou no vazio. Não contei para os meus pais sobre isso. Não naquele momento. Confesso que demorei dias para organizar o que tinha acontecido. Amélia não falou comigo, ficou um clima esquisito entre nós, as duas sem saber o que fazer. Ainda bem que ela decidiu colaborar com a investigação quando foi chamada pela delegada. Outra longa história. Essa você vai saber por mim e pelas mídias, Theo, e veremos o monstro ser preso.

Demorei para ter coragem de encarar os fatos porque não existia nenhuma prova de assédio ou qualquer coisa do tipo. No entanto, esse não era seu único crime. Descobri coisas terríveis em anotações que ele fez numa caderneta muito parecida com a que roubou de mim. Tom estava certo: ele estava nos roubando bem debaixo de nossos olhos. Fui ridicularizada na frente de todos, quando tentei mostrar minhas letras, cismei que ia achar um jeito de me livrar daquela situação. Entrei no quarto dele no hotel e encontrei uma pasta comprometedora de fotos. Várias garotas foram fotografadas com poucas roupas e pareciam estar dormindo. Ou dopadas, como aconteceu comigo. Parece que todo bandido que se julga esperto demais se torna descuidado. Ele devia se sentir tão inatingível que relaxou.

Meu escudo foi o ódio. Esqueci que eu poderia ser vulnerável e que ele poderia me eliminar. Demorei para perceber do que se tratava quando ele comentava sobre as minhas roupas, diminuía a minha autoestima para, em seguida, dizer que eu nem precisava de banda ridícula nenhuma de adolescente para apoiar meu talento. Só que eu não estava interessada. Achava nojento cada vez que ele fazia piadinhas ou esticava aquela mão na minha direção, tocando os meus cabelos, disfarçando, enquanto falava da cor da tintura, dos acessórios, do figurino. Apesar disso, eu precisava esperar que fossem encontradas provas suficientes para acabar com ele.

O fato é que, se pudéssemos fazer omelete sem quebrar os ovos, seríamos mais felizes, mais risonhos. Mas não dá.

Precisei ficar quieta, a vida da minha família virou do avesso. Meu pai ficou uma fera, queria matar o cara. Minha mãe virou uma leoa, ela poderia destroçar os ossos dele com uma dentada. Procuramos a polícia. Saímos da nossa casa, fomos para um endereço desconhecido por todos, fazíamos compras pela internet para evitar que eu fosse reconhecida por alguém. Estávamos longe de todas as pessoas com quem queríamos conviver. Eu longe de você. A polícia demorou para terminar a investigação. Foram dois anos de agonia.

Ele assediou várias garotas e, na semana passada, três funcionárias da Luna procuraram finalmente a polícia para denunciar o crápula. Amélia foi uma delas. Por isso, ela apareceu no quarto do José Roberto quando ele me chamou sozinha. Amélia evitou sabe-se lá o quê. Ela me salvou do pior. Será um escândalo em todos os meios de comunicação quando o caso vir à tona. Não nos calaremos. Nem a delegada e seu fiel escudeiro, o escrivão. Tem que ver como esse homem ficou indignado ao ouvir meu relato. A promotora que denunciará o sujeito repugnante é incrível, especialista em direitos humanos, professora da universidade. Toda essa equipe, apesar do tempo longo de espera, fez com que eu acreditasse na união por justiça.

Respirei fundo, tive coragem de seguir adiante. Muitas garotas não têm essa chance de superar, algumas perdem suas vidas. Em meu nome e em nome delas eu teria que lutar. No fundo a gente faz música para lutar pela vida. Eu farei músicas que vão curar minhas feridas e quem sabe as de muita gente.

Eu sentia que você me receberia de volta de braços abertos porque você é só você, não tem outro, e a gente junto é a melhor coisa da vida, o melhor hit de sucesso, meu docinho (e nossos apelidos melosos, hein? kkkkk). Agora é olhar para o céu e ver o luar e o mar de estrelas. "Fly me to the moon!" Por mim é para sempre, Theo. Eu te amo.

De sua Bárbara.

capítulo 29

O filem em câmera lenta

Eu beijei seu pescoço e disse que a amava. Bárbara despertou. Se não tivesse sido meu beijo seriam os pingos de chuva que começaram a cair. Uma chuva inesperada que não deixou alternativa a não ser sair de lá. Corri em direção à porta de saída, mas ela soltou minha mão. Ficou lá, no meio do céu, a estrela maior, minha estrela-d'alva debaixo da tempestade ou como parte da água viva que lavava a cidade, refazendo nossa história.

Voltei para abraçá-la.

– Vamos deixar a água nos conduzir – foi o que ela me disse, dançando comigo agarrada. Seus olhos de avelã desmancharam rios de rímel pelos cantos, e eu limpava seu rosto sem saber o que era lágrima de alívio, tristeza, felicidade. "Lágrimas e chuva", tantos eram os versos das cartas de amor cifradas em nossa imensa trilha sonora.

– "Chove chuva, chove sem parar", Theo. Estamos aqui, eu sabia que voltaríamos para esse lugar e que até a chuva viria celebrar nosso encontro.

– Então deixa chover, meu amor.

– ... Sem medo...

— ... De se arrepender. Eu contei as horas até aqui, Báh, cada minuto sem você foi sentido. E eu pensava tanto no que estaria por vir, no que faríamos quando nos encontrássemos.
— A saudade que eu sentia também era do futuro.
— Só os loucos sabem, não é?
— Só os loucos e os apaixonados.
— Menina linda dos meus sonhos, você!
— Você não está sonhando, Theo, nós não estamos sonhando. É aqui! Estamos aqui e agora, abra os braços para não esquecer que é real.
— Assim será o nosso "felizes para sempre".
— Para sempre?
— Sempre!
— Pode me dizer isso de novo e de novo e de novo...
— Eu te amo, Bárbara, hoje e para sempre.

Encharcados, trêmulos de frio, nada seria tão bonito. Beijei Bárbara quando alcançamos a porta de saída do *rooftop* do hotel, também a beijei escutando a porta se fechar atrás de nós e nos degraus da escada caracol. Pelos corredores, a gente se beijava e dizia que se amava sem nenhum disfarce ou segredo.

Fomos direto para o quarto em que ela estava hospedada, arrastados pela chuva, embalados por canções, confiantes nos sentimentos que moviam uma entrega livre. E nos entreolhamos como se fosse chegada a hora de nos permitirmos viver nosso próprio roteiro. Sem culpa, sem precisar esconder gestos e palavras. Esse dia vinha com um atraso enorme. Mas naquele momento o tempo parecia não ter passado.

Ela tocou Antares no bolso da minha camisa e foi desabotoando as estrelas devagar até alcançar meu coração. Deslizei minhas mãos sobre o seu vestido, ela se virou e eu senti o perfume da sua nuca, abracei-a com força. O zíper abriu o sol da cor de sua pele. Pensei em tudo que eu poderia falar, mas a melodia da nossa música era a poesia das palavras que não precisavam ser ditas.

As roupas se amontoaram aos nossos pés. Acariciei suas costas e contei as pintas que pareciam formar uma constelação que seria a mais brilhante no meu céu. A minha boca se preenchia de palavras doces que eu dizia sem ter que pensar, "astrolábio, bússola, se eu me perdi, antes, agora eu me acho em você". Desenhei na minha mente cada parte de sua geografia e me deixei levar com ela para que nos deitássemos na cama, ela onda na praia, céu de estrelas, pincelada na tela de um artista. Uma artista ou a própria arte, tão bárbara. Báh fez sinal para que eu me deitasse sobre ela. Brincamos como dois felinos, com os pelos eriçados. Ela beijava a ponta das minhas orelhas e repetia: "Nada vai nos separar". Eu a abraçava contra o meu peito decolado em asas de borboleta, "por favor, não vá embora da minha vida, eu preciso de você, da sua alegria de viver". A boca dela tinha gosto de saudade. "Como é bom ter você de volta", sorri para os olhos dela, sem saber ainda se aquilo era mesmo de verdade, ou se eu estava sonhando, ou se a vida era finalmente um filme em câmera lenta. Fiquei a ponto de gritar o seu nome, "você é linda, mulher".

Eu queria ficar acordado a noite toda cuidando para que a chuva fria não entrasse no quarto do hotel, mas ela era o próprio dilúvio se desmanchando sobre mim depois de me balançar de tanto amor.

"Casa comigo, Theo", ela pediu, e eu não tive a menor dúvida quando respondi que tínhamos nascido casados, um par perfeito.

Cantei então no ouvido dela uma música que compus especialmente para aquele encontro e que ninguém tinha ouvido ainda. Bárbara chorou.

**Desenhando estrelas
Te beijo e te abraço
Somos a mesma música
Em um só compasso
Desenhando estrelas
Cruzamos o infinito
Somos muito mais que amigos**

Ouça aqui
Vida instantânea

– Que linda, Theo! A música já tem nome?
– Ainda não...
– Então vamos batizá-la de *Vida instantânea*?
– Não podemos, meu amor...
– Não?
– A vida da gente de agora em diante vai ser real, absoluta.
– Mas eu te amo instantaneamente, assim, em um clique!
– Fale mais sobre isso – eu ria, enquanto a abraçava.
– A vida da gente será sempre assim.
– Será.
– Seremos felizes, os dois juntos.
– Somos e seremos, Báh, cada vez mais.

Pela janela, contamos as luzes acesas da cidade, os piscas dos aviões, as serpentinas quando os últimos relâmpagos riscaram o céu, medindo as pequenas distâncias entre as estrelas vistas assim, ainda que de longe, mas com todo o tempo que merecíamos. Adormecemos, dessa vez um nos braços do outro. Sonhamos com a melhor canção, a vida que escolhemos para nós dois.

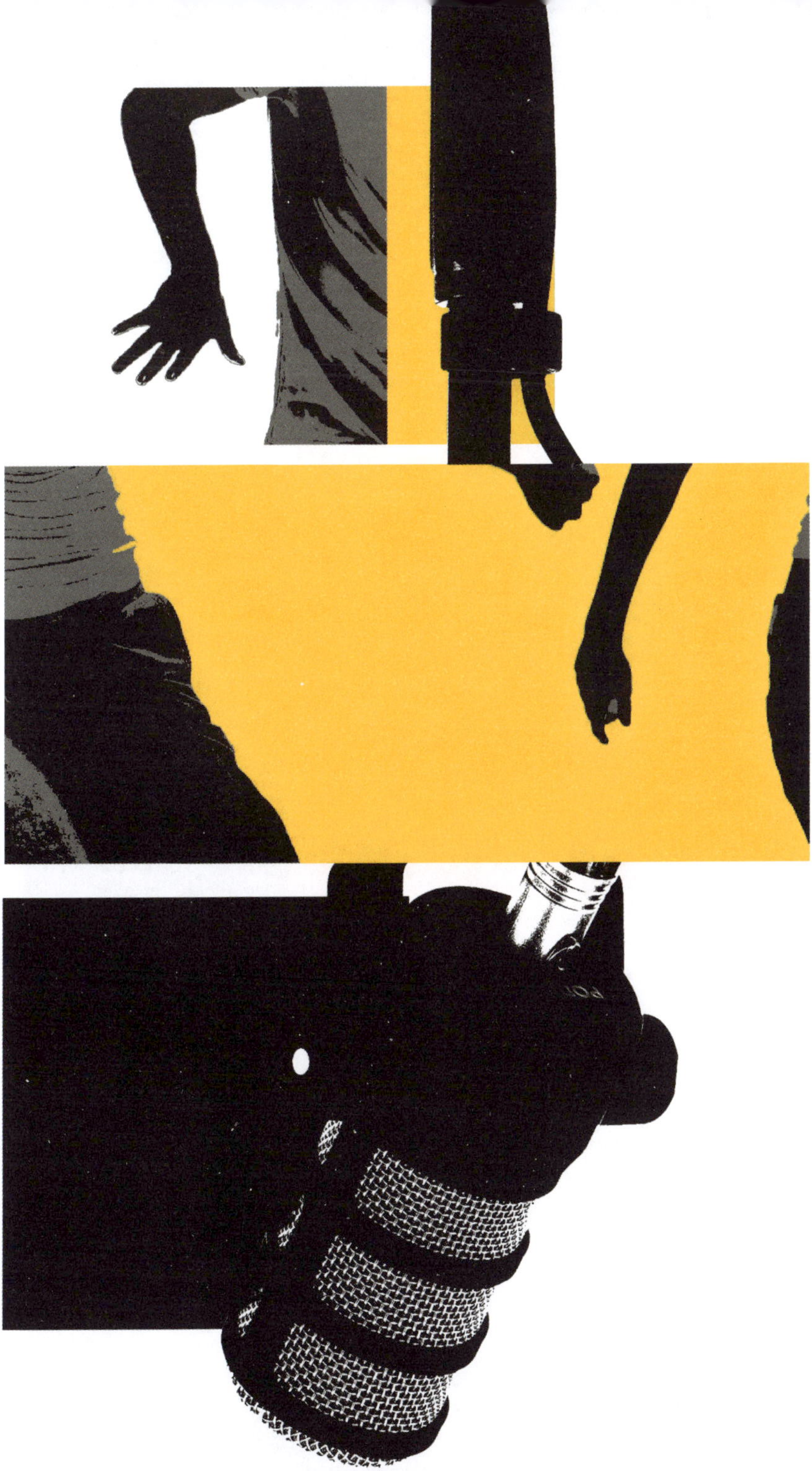

Caderno de canções

Ouça aqui o
álbum completo

Romeu & Julieta

Intérprete: Sweet

Eu sei que pode ser complicado
Esse lance de sermos namorados
(De sermos namorados)
Mas, olhe, preste muita atenção
Estou debaixo da sua janela
(Escute a música do meu coração)

Oh, meu amor, essa grande história
(Pra sempre está em nossa memória)
Vejo nós dois nas páginas do livro
(E a poesia vem de você)

Ah, eu não sei viver sem te amar
Ah, eu não vou nem tentar
Romeu e Julieta, apenas nós dois
Não vamos deixar pra depois

Olhos de avelã

Intérprete: Theo Jatobá

De repente, a gente fica a sós
O coração desata os nós
De repente, começa a acontecer
Essa história de eu e você

De repente, o instante em que estamos
É todo o tempo que duramos
Esses seus olhos cor de avelã
(Para sempre, sempre, sempre)
Promete me ver de novo amanhã?
(Para sempre, sempre, sempre)
Amor, pode ter certeza
(Para sempre, sempre, sempre)
Por cima de nós chuva de estrelas!
(Para sempre, sempre, sempre)

Instamor

Intérprete: Seo Chico

Parecia tão difícil
Se livrar dos artifícios
Tirar a dor do coração

Parecia proibido
Sentimento interrompido
E viver numa prisão

Eu só queria o direito
De te amar sem preconceito
Passear de mãos dadas pela rua

Como tantos casais
Que se dizem ser normais
Te beijar sob o céu
O sol e a lua
Com a alma despida, nua!

Instamor
Nós cruzamos
Todas as fronteiras
Instamor
Nós quebramos
Todas as barreiras
Instamor
Porque somos iguais
Instamor
Queremos muito mais!

Rupi

Intérprete: Bárbara Viti

Queria poder iluminar
Queria poder cantar
Queria poder atear
Fogo com a palavra

Queria poder em paz seguir
Queria só existir
Queria poder exprimir
Fogo com a palavra

Terra do poema
Palavra que é minha lavra
Terra do poema

Não posso revelar
Todos os meus segredos
Você sabe bem
Você também guarda seus medos
Não posso revelar
Todos os meus segredos
Você sabe muito bem

Se hoje solto esse grito
Se não aceito ter morrido
Se esses versos são tão aflitos
São de palavra e lenha
Por isso eu digo "venha"
Você saberá entender

Se hoje eu digo "pare"
Se a violência é "pare!"
Você saberá entender

Ondas de marshmallow

Intérprete: Sweet

A água salgada ficou doce com você
Ah, ondas de marshmallow, deixa eu viver
A praia está deserta sem ninguém pra nos ver

Nossos passos
Nossos nomes cravados na areia
Nesse balanço eu vou, eu vou
Que dia lindo
Mar calmo, quebradeira
No balanço do mar
No *flow* eu vou, eu vou no *flow*

Feitiço do tempo

Intérprete: Theo Jatobá

Já não adianta estrada, avenida
Já não adianta tecnologia
Digito, procuro não te perder
Hey, meu amor, cadê você?

Seu nome escrito no caderno
Desenha meu futuro incerto
Palavras e beijos, tudo ficou no passado
Não vão me convencer que foi apenas teatro

Pode crer, continuo a te esperar
Ainda te sinto por perto a me olhar
Essa saudade aperta, não passa
Feitiço do tempo, você precisa voltar

Vende-se um amor não vivido
Intérprete: Seo Chico

Se o mundo fosse acabar
Se tudo fosse terminar
Se a gente não pudesse ver mais o luar
Se não sobrasse tempo pra andar
E nem nas ruas caminhar
Um estalo, um segundo
Pra rir ou chorar

Se fosse só
Só ficar
No banco da praça
E as memórias a vagar

Se fosse só
Só ficar
Ficar sem coragem
Pra ter vivido
Coragem pra ter sentido

Se todo sonho se distraísse
E toda dor se extinguisse
Imagine se o nosso querer diluísse
Se não sobrasse tempo pra andar
E nem nas ruas caminhar
Um estalo, um segundo
Pra rir ou chorar

Se fosse só
Só ficar
No banco da praça
E as memórias a vagar

Se fosse só
Só ficar
Ficar sem coragem
Pra ter vivido
Coragem pra ter sentido

Vida instantânea

Intérpretes: Theo Jatobá e Bárbara Viti

Um clique na tela
A vida começa
Apenas um instante
Só vale o durante
Você e eu, agora
Muitos *likes* vou querer
Largue o celular
Se solte para dançar
Hoje vamos viver
Sinta essa magia no ar

Hoje eu só quero
Sentir o seu corpo
Fazer com você
Ficar bem colado
Navegue comigo
Bússola, astrolábio
Largue esse celular
Se solte para dançar
Hoje vamos viver
Sinta essa magia no ar

Desenhando estrelas
Te beijo e te abraço
Somos a mesma música
Em um só compasso
Desenhando estrelas
Cruzamos o infinito
Somos muito mais que amigos

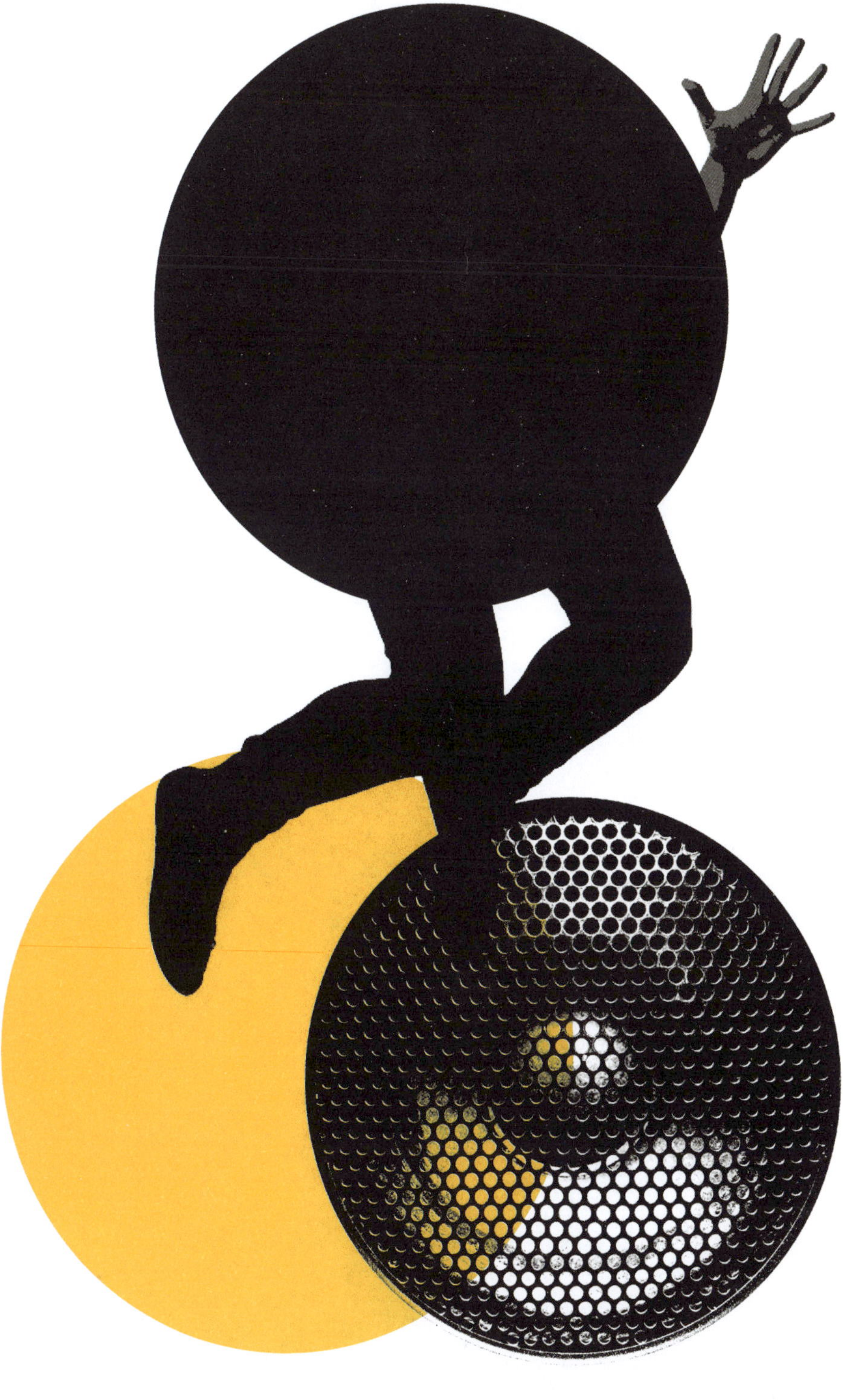

Marcelo Duarte

por Penélope Martins

Foi excelente escrever com Marcelo Duarte *Vida instantânea*. Esse tem história pra contar! Como jornalista, ele já cobriu quatro Copas do Mundo e cinco Jogos Olímpicos. Marcelo é autor da série *O Guia dos Curiosos* e apresentador do programa *Olá, curiosos!* no canal Guia dos Curiosos do YouTube. Ele tem uma legião de fãs, e eu pude comprovar isso, gente pedindo para fazer uma *selfie* com ele no meio da rua, no restaurante ou no saguão do aeroporto. Paulistano apaixonado, ele adora dar dicas sobre a cidade para que outras pessoas curtam os endereços em que ele já comeu o melhor pastel, a pizza mais queijuda e o sorvete mais gigantesco. Adora musicais e deve ser a única pessoa que conheço que chorou vendo *Mamma Mia!* no teatro. A coincidência: minha mãe também era louca pelo ABBA, e até hoje eu choro ao escutar a *playlist* desse musical. Marcelo cresceu numa casa cheia de bichos, mas nunca pensou em estudar medicina veterinária. Piano também nunca o entusiasmou, diferentemente de Theo, nosso narrador protagonista. Durante um ano, Marcelo tentou aprender trompete, mas ficou com medo de ser expulso do seu prédio (palavras dele). "Curiosamente", ele é do signo de Antares, o Escorpião. Tem outros dez romances juvenis publicados, quatro deles pela clássica coleção Vaga-Lume. Na trilha sonora do Marcelo, você pode encontrar Beatles, Marisa Monte, Chico Buarque, Frank Sinatra, Tina Turner e, obviamente, ABBA. Ah, tudo que aparece no livro sobre futebol tem uma pitada desse corintiano incorrigível.

Penélope Martins
por Marcelo Duarte

Veja que curioso: antes da pandemia, eu tinha conversado com Penélope Martins uma única vez. E a conversa demorou uns dois minutos, se isso. Até que, durante o isolamento, nós combinamos uma *live*, que foi incrível. Descobri uma porção de coisas a respeito dela – quando Penélope ainda não tinha se tornado um verbete da Wikipédia. Embora seja palmeirense não praticante, por influência da avó materna, ela nasceu no dia de aniversário do meu Corinthians. É formada em direito e narradora de histórias. Aprendeu a gostar de poesia com os encartes dos discos de Caetano Veloso. Junto com seus dois filhos, André e Clara, ela tem uma vida felina: são quatro gatos na casa, e um se chama David Bowie. Começou a escrever livros em 2014. Só não arrisco dizer quantos são atualmente porque esse número corre o risco de ficar desatualizado muito rápido (a quantidade de livros só deve perder para a de tatuagens, incluindo uma de Anaïs Nin no antebraço). Penélope é autora requisitadíssima, não à toa. *Minha vida não é cor-de-rosa* e *Uma boneca para Menitinha* (com Tiago de Melo Andrade) foram vencedores da categoria melhor texto juvenil do Prêmio Glória Pondé, da Fundação Biblioteca Nacional. Numa de nossas conversas virtuais, eu e Penélope combinamos a escrita de um livro juntos. O processo foi intenso nas trocas e rendeu até uma nova descoberta. Penélope é compositora. Todas as letras das canções deste livro são de autoria dela.